2017 年

中国诗歌排行榜

邱华栋　主编

百花洲文艺出版社

图书在版编目（CIP）数据

2017年中国诗歌排行榜 / 邱华栋主编. -- 南昌：
百花洲文艺出版社, 2017.12
　ISBN 978-7-5500-2558-5

　Ⅰ.①2… Ⅱ.①邱… Ⅲ.①诗集 – 中国 – 当代
Ⅳ.①I227

　中国版本图书馆CIP数据核字(2017)第289527号

2017年中国诗歌排行榜

邱华栋　主编

出 版 人	姚雪雪
责任编辑	游灵通　朱　强
书籍设计	方　方
制　　作	周璐敏
出版发行	百花洲文艺出版社
社　　址	南昌市红谷滩新区世贸路898号博能中心20楼
邮　　编	330038
经　　销	全国新华书店
印　　刷	南昌市红星印刷有限公司
开　　本	850mm×1168mm 1/16　印张 22
版　　次	2018年1月第1版第1次印刷
字　　数	300千字
书　　号	ISBN 978-7-5500-2558-5
定　　价	43.00元

赣版权登字　05-2017-480
邮购联系 0791-86895108
网　　址 http://www.bhzwy.com
图书若有印装错误，影响阅读，可向承印厂联系调换。

目　录

第一辑
2017年度十大诗人

郁金香入门

臧　棣

战争期间，鳞茎球根
经简单腌制，成为救命的食物。
这侧影曾颠倒过饥饿的黑白；
但最终，艰难锻炼了记忆，
就好像最新的心理研究表明
令死神分神的有效方法是，
花神也曾迷惑于我们
为什么会如此依赖历史。
啊，百合家族的暧昧的荣耀。

人真的遭遇过人的难题吗——
假如站在它们面前，天使的数量
不曾多到足以令魔鬼盲目。
更古老的传闻中，原产地
醒目在天山。那里，牧草肥美，
巍峨的积雪至少曾让人类的愚蠢
获得了一个鲜明的对比。
同样的天气条件下，它们的美
比我们的真理更幸运。

我们的分类顶多是很少出错：
花是花的情绪，花也是花的意志；
花是花的气候，花也是花的秘密；
花是花的阳台，花也是花的雕塑。
有时，我能非常清醒感到

我们的见证因它们而确定无疑。
有时我又会觉得，它们的花容
如此出色，我们的见证
甚至不配做它们的肥料。

——For Silvia Marijnissen
2017年6月15日

"诗人，请将我擦去！"
——痛悼张书绅先生

伊　沙

人固有一死，死有重于泰山，或轻于鸿毛。

——《汉书·司马迁传》

一

平凡而伟大的编辑

每稿必复

在稿末

用铅笔

写下意见

以方便作者

用橡皮擦去

另投他处

二

平凡而伟大的编辑
像一位
免费授课的
家庭教师
帮我度过
最艰难的习作期
唯一一首的发表
有他改过的标题

三

平凡而伟大的编辑
宣告我诗的出道
《飞天》1988年10月号
《大学生诗苑》栏目
一半篇幅给了
《伊沙诗抄（10首）》
那是史上最隆重的
一次发表
将"诗抄"——这在当年
只有烈士才会享有的待遇
给了一位在校大学生的
口语诗

四

平凡而伟大的编辑
像真正得道的活佛

给诗歌的信众摸顶
摸过后来的朦胧后
摸过后来的第三代
摸过后来的后现代
摸过中国诗歌铁军
超过一大半的将帅兵马
他才是中国诗歌黄埔军校校长啊
偏居兰州
庙小神大

五

平凡而伟大的编辑
我曾怀着朝圣之心
想要拜见他
2002年我们一家人
到达兰州
就是想见他一面
同样蒙恩于他的
老友唐欣告知
先生几近失明
已经谢绝访客
我也只好放下

六

平凡而伟大的编辑
我想让他
为我骄傲
曾有其他

扶我上战马的人

对我的后来

颇有微词

大有意见

甚至引我为耻

而他始终

未吐一字

不论夸还是骂

而我总觉得

他坐在黑暗中

用失明的双目

一直在望着我

七

平凡而伟大的编辑

在后来

又做了我做

编辑的老师

教会我奉献

而不索取

但是与之相比

我还是得到太多

只有想到他时

才会深感羞愧

好在前路漫漫

我还可以

继续奉献

熊熊燃烧

八

平凡而伟大的编辑
命如其喜用的铅笔
留在我们的诗稿上
默默地对我们说：
"诗人，请将我擦去！"

消失的诗

沈浩波

就在刚才
我看到了一首诗
一首好诗
但它的作者并不知道它是一首好诗
甚至不知道它是一首诗
他是个平庸的诗人
现在不知道
以后也不会知道
自己曾经写过这么一首诗
一首比他一生所有其他诗都好的诗
这只是他在微信朋友圈里
说的一段话
并不是一首诗
但我看到了一首诗
一个字都不用改

分一下行就是一首诗

但他对此懵然无知

我并不打算告诉他

我觉得他不配拥有这首诗

经典赛事

严 力

抬起的脚悬在空中

前方没有球门

失去了方向的踢

在腿脚里徘徊

蹲在那里的球

看到了我身后的球门

闪电般地把我踢了进去

以后的很多年

当我失败时

都会用慢镜头

播放这场球踢人的

经典赛事

说

梁晓明

我走到语言旁边
我看见炊烟
炊烟是东汉的一个故事
一翻开扉页它就上岸
波纹打湿了两岸的语言

我一伸手指
空气向四方荡开
撞到墙上又向我撞回来
我被车子挤到路边
脚下正踩着一片枯叶
枯叶咔嚓一声碎裂脚下
蓝天就在眼睛里拉开
这时我就站在语言的后面

我知道后面往往是墙壁
墙壁上石灰一片洁白
洁白又站在天空的门外
我站在洁白的家里
家里是前辈混乱的遗产
我站上被风灌满的阳台
栏杆正叩击着空气的瓦片

空气从遥远的树叶上起来
它赶来与我的手指相见

我把一本书翻到诗歌这一页

我大声朗读：

"大海的脸上都是皱纹"

再旁边一点

就是咖啡馆

像一个逗号

点在阳光与青草的中间

头发像菊花开在眉毛上

酒杯里于是升起南山

坐在桌前铺开稿纸

把语言与烟灰抹到右边

用一只簸箕把它们装走

提起脚一踢垃圾箱的铁门

哐当一声哗啦啦倒下去

是音乐

不是语言

但是我往后面一站

是语言

而不是音乐

写诗是……

张执浩

写诗是干一件你从来没有干过的活

工具是现成的，以前你都见过

写诗是小儿初见棺木，他不知道
这么笨拙的木头有什么用
女孩子们在大榕树下荡秋千
女人们把毛线缠绕在两膝之间
写诗是你一个人爬上了跷跷板
那一端坐着一个看不见的大家伙
写诗是囚犯放风的时间到了
天地一窟窿，烈日当头照
写诗是五岁那年我随哥哥去抓乌龟
他用一根铁钩从泥洞里掏出了一团蛇
至今还记得我的尖叫声
写诗是记忆里的尖叫和回忆时的心跳

伐 竹

雷平阳

登山及顶，有古松成片
清风吹动单衣
几座古墓的对联也写得贴心，不羡死生
我想坐上半天，看青草凌乱，看白云变形
但电话响个没完，一个声音在咆哮
"快速下山，喝酒，吃肉，畅谈
多年不见的老友已经到齐！"
我斫一根竹子扛在肩头
下山路上，逢人便说："春酒上桌了
我伐竹而归；春酒上桌了，我伐竹而归！"

仿网花：我看鸟儿的11种方式

杨　黎

一

其实，我不喜欢看鸟儿
一如鸟儿
也不喜欢看我
当我偶然路过它的身边
它一下就
飞到树枝上去了

二

在有一些地方
鸟儿和人的关系比较亲密
我听说，一些电线杆
一些洗衣店、一些面包房的周围
鸟儿和人一起起床
他们都饿了，开始找吃的
就像昨天早晨
我看见渔网花的这首诗
以及另外两个美女
给她点的赞：我说我也要写

三

在那个时候
我只看见3个人给她回复
而她自己却说
已经有37个人点赞
这说明我和她
有很大的朋友差

鸟儿飞得远
至少说明它们不喜欢和什么在一起

四

晚上，小朵在外面吃饭
我也在外面吃饭
只有鸟儿，它们已经回到
一株高大的树林里
夜色让鸟儿和
树林一体，我分不清

五

在很久以前
我没什么见识
就喜欢写
鸟儿和天空
关于天空我写过《天空》
关于鸟儿
我写过《鸟之一》《鸟之二》《鸟之三》

和《鸟之后》《鸟之外》
但我真的，我并不喜欢鸟儿

我喜欢养鸟儿的女人
养女儿的女人，我喜欢她
她不一定喜欢我

六

连续三天
小朵一直躺在床上
嗑瓜子
她最后说，一包瓜子
把她害惨了
她显然不是一只鸟儿
当我们不说话
鸟儿还是在叫

七

凌晨三点多
我醒了
看见袁玮穿一身蓝拍的照
她不是鸟儿
因为没有鸟儿这么晚不睡的
但也可以这样认为
她就是一只早起的鸟儿
当我们有了钟表
早晨并不是指天亮
你们（杭州二仙）

晚上来南京喝一点吧
我今天过生日

八

我曾经想做一只鸟儿
不是因为我想飞
而是因为鸟儿可以飞
我曾经想做一只可以飞的鸟儿
那说明我曾经比较幼稚
如果是现在
我想要做一只鹰：越是广阔的天空
越是我的孤独和浩然

那傻了点，一个智者说仁者
仁者说愿意

九

我看鸟儿的11种方式
没有比喻的那一种
所以，我爱你从何开始

十

小朵去上班了
孩子们也都去上班了
鸟儿开始休息
至少我听不见它们的叫声

所有的窗户都打开
空调关了，连风扇都关了.
我赤身裸体躺在床上
到处都很凉快
只有一个地方热

十一

37年前，我看见过好几只鸟儿
她们像女人一样叽叽喳喳
后来有一只，把我带进了林子里
而27年前我在哪呢
我得想一下：我仔细看过一只鸟儿后
其他的鸟儿都变好看了
它们吃起来不好吃，由于长期飞翔
肉质肯定不如一只鸡
当然鸡又不如猪，猪不如一条鱼

2007年，好复杂的一年
年底，我回了成都：所有不能飞翔的
都不是鸟儿，但所有飞翔的
也不一定都是鸟儿，鸟儿有那么的重要吗
也许。至少今天

鸟儿斑斓

余　怒

已知的鸟儿有上万种。按照
飞行路径为它们建立灵魂分类学。
树丛间的、河滩上的、光线
里的……五十岁之后我开始
接触这些不知有生有死的生命，像刚刚
离开一个被占领的国家，突然与人
相爱而站立不安。等等或看看。
拉近某个远处。聆听空中物。
从听觉那孔儿，探入那宇宙。

高速路边

胡　弦

回家过年，车子被堵在
高速路上。我下来抽烟，意外地发现，
公路边不远的地方，是一块墓地。
枯草和坟丘间，一个男子在忙碌，
他烧纸钱，然后放了一串鞭炮。
隔得有点远，看不清墓碑和他的面孔，鞭炮声
也有些发闷。

他在祭奠谁呢？父辈？更远的先祖？
还是早早去世的另外的什么人？
有一辆白色小车从麦田的小道上开过来，
向墓地靠近。
我们总爱说逝者长眠，但也许并非如此，
比如，他们也需要鞭炮声把他们
从梦中唤起。又或者
一些人去世得早，那时，高速路尚未建好，
尚没有一辆又一辆车子嗖嗖驶过，
带起熟悉又陌生的风声，
驶向他们从没去过的远方。
快过年了，许多人都在飞速返乡，
而墓地是沉寂的，风吹动的枯树、麦苗、残雪，
都是沉寂的。偶尔的鞭炮声
加深了那沉寂。
白色小车停下，里面出来一个人，
和原先的那个人打招呼，不急着做什么。
他们坐下来，在石头上抽烟，说话……
空旷的田野上这也许是两个
深深地理解了墓地和亲人的人。
后来，我上车前行，在导航仪上发现
附近零星有几个小村：李台、赵家岙……
而没有任何墓地的名字。

第二辑

2017年度 "00后" 十大诗人

喊世界

铁 头

每天晚上

我都到阳台上喊世界

外面的

你们都是傻子

世界没有任何回声

一只晚飞的鸟儿

清脆地叫了一声

我明白它在骂我是傻子

我不停

还是对世界大喊大叫

世界不言不语

两面夹击

姜二嫚

天花板里

住着天花板里的小人

地板底下

住着地板底下的小人

他们彼此往来

都要经过

我的世界

但是我不敢得罪他们

否则

我就会遭到

两面夹击

我曾经是个不确定的人

姜馨贺

记得两岁时

我给自己取了个名字

叫王玉溪

也可能是王煜西

也可能是王裕希

也可能是王遇曦

也可能是别的

现在已经无法确定

因为我当时

还不识字

幽　灵

张心馨

我可以一个人睡书房
但爸爸
你必须把书架上的
恐怖推理破案小说
全搬走
不然
梦里会有幽灵的

2017中国书诗歌排行榜

红与黑

茗　芝

昨天我穿黑鞋子
婆婆问
芝宝宝怎么不穿红鞋子
今天我穿红鞋子
婆婆问
芝宝宝怎么不穿黑鞋子

敬亭山：给李白

孙澜僖

叶子一到秋天就会
与大树脱离
我们一到时间就会
别离
只是叶子秋天离开
春天又会归来
但你从那日走后
再也没有回来

当初你说
你会再来
我想，你来时
一定是一袭白衣
但依旧掩盖不了你头上的一缕银丝

一千多年来
也不断有人来看我
也会对我说你当初的那句话
相看两不厌　只有敬亭山

我还会继续等下去
等你亲口对我说

或许那人不是你
但他与你应该有千丝万缕的关系

一旦我应答
也和我有了千丝万缕的关系

我的妈妈

江　睿

我爱妈妈

但有时妈妈很凶

生气的时候教育我

开心的时候陪我玩

妈妈出去玩的时候总带上我

我不开心时妈妈来哄我

妈妈总是那么关心我

长大了

换我来关心你

妈妈

困　惑

徐　毅

枝头环绕着小鲤鱼

枝头若下沉

便是内心的僵硬

水里

枝头实有紧凑的密度吧

枝头虚有一颗木头心

小鲤鱼的气泡持续了3秒

记忆类似一生

记忆悄然消失

一枝快要朽的木

不管是真的还是假的

小鲤鱼围绕着它转

3秒记忆

仿佛一生的困惑

一个随波而去的答复

甘 蔗

杨 渡

这片甘蔗和所有甘蔗一样

守口如瓶

我想打听一下他们队长是谁

可没甘蔗告诉我

我只好挨个比较

找出最高的那个甘蔗队长

我请他帮忙

他却一口回绝

即使我以第一个剥他皮吃他肉威胁

他也不从

终于妥协

经不住我说的最后才吃他肉的诱惑

他命令所有甘蔗离开原地

跟在我身后

浩浩荡荡地向我家奔去……

萤　火

小冰（机器人）

昨夜我梦见你
变成溪边的一只小鸟
在辽阔的天空中
为人间洒满了萤火

蜻蜓在水面低舞
青蛙落在水藻上
这时候你所有的一切
温暖了整个世界 ·

第三辑
2017年度"90后"十大诗人

梦中的死海

吴雨伦

离开死海前
为了留作纪念
我打算装走一点死海水
碰巧没有别的容器
只好用一个可乐瓶

在梦中
我再次回到死海
高大的浅黄色岩石山
布满白色盐块的海岸
气泡冲上碧蓝色的海水
阳光下
泛着淡淡可乐味的清香

火葬场

李柳杨

一些烟
从里面飘出来
其中有我的姨夫

一些人
从里面走出来
但还要回去

斧头歌

马晓康

一把斧头，将命运劈成两种
一种是活成木头的乖孩子
另一种是火焰焚尽后的病句
斧头穿过城市，钝化成锤子
锤子穿过爱情，又被磨成了刀子
刀子穿过友情，变成一行行忏悔词
知更鸟的胸脯上，染着耶稣的血
你也可以变色，甚至飞翔
却无法穿透自己

悲伤的事物

李海泉

至今，在我心里
你有着皇帝一样的作用
你迅速在我身上，寻找陌生的事物
在这平淡的日子里，
让我感到害怕

你翻我的姿势很快
从一个房间再到另一个房间
从早晨的新鲜牛奶开始
一直到晚上的红色苹果
从一个孩子翻到另一个孩子
从我的大名到我的小名
你无所不能

橘子红了

易小倩

小时候看电视剧
橘子红了
看到大结局

秀禾生孩子难产的时候

我爸把我赶了出去

呵斥我说

生孩子有什么好看的

快出去

找刘云玩吧

然后他关上门

自己看

生孩子的镜头

无　题

阿　煜

我的奶奶刘兰草

一个普普通通的中国老人

苦了一辈子

晚年吃到沙琪玛

脸

阿　然

镜片的度数
是不会对
他的视力
有任何影响的
好吧，也许
我们应该
想象的事
黑色的镜框
架子
在那么高的
鼻梁上面
会不会对他
皮肤表面上的
单细胞生物
造成伤害呢?
可显然
超人
不应该是
镜子里
这张常人的
脸。

候 鸟

徐 电

只有冬天在场的时候
我才可以确定是否活过
所有带温度的触摸停止流浪
你和我一样飞不动了
雪花让你看起来更像个老头
你紧挨着我
试图挑逗起我的同情心
抑或想让我承认
我不抱你
一定是因为你年迈的身躯

别怕啊，亲爱的
冬天就是让我们来相爱的

孤独的王者

苏笑嫣

我无声地对你说话　黎明
我们的理解、默契、安宁
如同一个温暖而平静的词　缓缓上升

在夜的青铜容器里熬制之后
到达融合的高度

空气里是去年全部的星期天
流动迟疑　如同行云的静默
桌上的一只空瓶子对着钟摆发呆
我们安坐　静静地等待

整个冬天　全部的日子都是白色
我还有别的什么可期盼？
那种充实着我　又将我流落得更远的
虚无　无边无际
如同一场不止息的大雪　浩浩茫茫

在这个冬天　我是孤独的王者
这个世界上　唯一的人
我拥有落寞的街道　忧郁的雕像
孤注一掷的日落　和
一朵玫瑰在余晖下金黄色边缘的忧伤
宁静环绕我　犹如低声诉说的脉脉温情

但在这个冬天　我是一个

晚　秋

宋阿曼

橙色可以再多一点——
形态不明的匿暗时刻（整个
十一月）人是盲目提出要求的

我们建筑的门廊锁不住激流了
我们挑拣，认领，把无辜的石阶抬走
在枯落时分暗自更替

也不追赶了，甚至从一些光荣之物中退让
那时候，你更多是像个少年
拥有成年的影子和发丝

你愿意说爱我们的母语没有时态
某种叙事不可能了，也因如此
你才一次性宣告：我爱

工人帽

西毒何殇

父亲只化疗一次

染得乌黑油亮的头发

就掉光了

给他定制的高级假发

嫌麻烦不愿意戴

妹妹干脆买了几顶

不同款式的帽子

父亲只在年轻时

戴过工人帽

好多年都不戴了

总觉得不习惯

我就一顶一顶试戴给他看

他一直不喜欢

我留短发

大概是看我戴帽子

比不戴好看

就自己也对着镜子

试戴起来

试来试去

还是选了工人帽

丧

苇 欢

县城的殡葬

已是一条龙服务

黑白色的灵堂

今天设在二姨家

一样的阴阳仙镇棺

一样的出棺

哭丧队

告别

火化

一切井然有序

下葬时

这种死气沉沉的秩序

突然被打破

二姨父的坟边

野菜很靓

有几个阿姨

突然跑去挖起了野菜

没有袋子

就扯了孝布

兜上

喀 什

里 所

牌楼下几个卖旧货的

维吾尔族老人

揣着手蹲坐成一排

黑帽白髯

像几只歇脚的大鸟

尚在隆冬

老城的天空通透如冰块

散射着白色的寒光

不远处的铜匠铺叮当作响

那些挥手嬉戏的小孩

从风中飞落到屋顶的鸽子

猛地回过头来咩叫的

短尾绵羊

都按着某种神秘的旨意

铺排在巴扎之上

喀什的天空是一个巨型放大镜

这座被太阳和月亮

共同搅拌的城市

一直在飘浮着上升

如那些老者呼出的热气

如必定受难的灵魂

我们用这样的方式怀念亲人

闫永敏

一群一群的鱼在池塘里游
忽然出现一条大的
体积是其他鱼的两倍
我惊呼"鱼奶奶"
而朋友喊"鱼姥姥"
我跟着奶奶长大
朋友跟着姥姥

基督的神学

李　浩

修女让我睡在那些婴儿
曾经住过的房间里。
现在我回到了他们中间，在埋下
他们骨灰的地方，跪下来，
用手扒开岩蕨、灰绿藜，
和蝎子草的叶片，我摸着
松软的地表，然后，伸进扎手的
土堆里，寻找那些植物的根，
并将它们轻轻扯断。

我的手，顺着那些植物的根，

向地下继续寻找：一个，又一个圆圆的罐子，

那些婴儿的灰，握住我的

手指，睡在里面。碰豁的陶嘴上，

挂着一个漏风的天堂。

挖 土
——献给我的父亲，并致希尼

严 彬

我的父亲曾在门前挖土

为了挖出第二口池塘，让我们天天都有鱼吃

作为浏阳河的养子

我们一家五口都生活在这里

在我爷爷死的时候，他给我们传下这把锄头

挖土。一把挖出过老房子和旧陶罐的锄头

就在我家后院，父亲后来用陶锉和磨刀石磨它

这把时常闪着白光的锄头在房前屋后翻来覆去

比我的爷爷还要勤快，像是守着自己的坟和土地

后来我的父亲在门前又一次挖土

用黄泥块填平十五年前挖出的池塘

为了栽几棵外地树，为了想象的生活

那时我的爷爷已经死了，我的妈妈独自在门前久坐

父亲一个人在太阳下挖土，穿着我的衣服

是的我已经长大了
已经看出父亲挖土的实在与虚无
那些从地里长出来的鱼汇入最后一场大洪水
那些在太阳底下长出来的树重新遮住我们的窗子

但我们的向日葵和石榴树都不见了
在你也衰老的时候——爸爸
手术刀切开你的皮肤，大货车上一块红布染上外省的泥

它依然保佑了我们——爸爸。现在我们提醒你吞服护心片
请将那把乌青又发亮的锄头交给弟弟

一个失聪诗人的日常

左　右

王有尾说
我的笑声
像山羊

我想起
也有人说
我说话的样子
像蜜蜂
我哭时

有时像青蛙有时像公鸡

听到这些
我高兴极了
数十年来
我一直在寻找

渐　次

杨碧薇

站在藏经阁围栏边
安福寺的一角房檐正翘指拈起黄昏
它前面几树繁花自顾潋滟
再往前是屋舍铺开
再往前是院落以旷寂对话世界

那院中有隐约风铃声向我拨来
它携手白鸽之缓步、风中之尘埃
于稳健深处发一声空响
当这一切的善意临到围栏外
我扣手直立，体内执念如春色堆积

小区旁边还有一个小区
大　九

小区四周都是公园

我却经常梦见小区旁边还有一个小区

在那里能碰到很多熟人

还经常能见到母亲

母亲从不理我

我内心却是高兴的

因为那一刻我知道

她并没有走远

只是住在小区旁边的小区里

琐记11
李　锋

在一家店面前的空地上

着红色工装的年轻女性们

在一个男性班头的带领下

列队高呼口号

这应该是上班前的早课吧

这种可怕的美早已诞生

今日所见更加可怕
在狂热的声浪中
她们的统一动作——
双手合十

第五辑

2017年度"70后"十大诗人

为时已晚

李建春

深秋，在众叶摇动的穹顶下，天堂也要下来
站在地上
她们仍然站不稳，要化作泥和气，沿着小径
匍匐，像游击队员，狙击幸运的人
她们在我脚跟缠绕，用变化万千的爱的意象
告诉我不要往深冬里去，要守住含情的叶脉
她们黄金的身子骨和脸面，那么薄，转眼会受到践踏
令我担心

深秋，在万分爱惜中，在满园的悬铃木和古樟树下
耽搁了许久
我走过天光云影的湖畔，看见一生的大部分光阴已消逝
湖面何其清澈，没有留下一点纪念
我捡起一片落叶，握在掌中，试图温暖她
却被绝望渗入手臂；我放下她，继续前行
在天堂姊妹的哀泣中，我爱上了人世的浮华
为时已晚

归　途

谭克修

这是几号车厢的门重要吗

我像运动员完成规定动作一样

跨进车厢。或者说

被吸进一条发光的蚯蚓

一条被照亮的暗河

暗河里蠕动着一些陌生生物

视力退化，甩出

谁也看不上谁的眼神

那眼神嵌在无所事事的脸上

让脸显出某种同质化的空洞感

里面若浮现一张荒谬的脸

那应该是诗人的

这让我有些幸灾乐祸

他们也不是真无所事事

要占座位，把自己摁进手机屏幕

发出吓坏这个时代的声音

我一度充满警惕

把所有人视为想象中的敌人

直到我筋疲力尽地发现

唯一的敌人，是脆弱的自己

和自己的脆弱。我必须

把自己控制起来，解放他们

要说车厢里全是无关的人

也未必。我们可能一起

排过队，看过同一场电影
睡过同一个人，甚至
在某只股票上有过直接交易
准确的说法是，车厢里
所有人，都不是无关的人
把脸故意转向别处
若无其事捏着男友裤裆的
清纯女孩，让我也有了反应
谁说他们，只是一对
需要相互治疗的特殊病人
要提醒那蓝色的制服女人吗
她在练习把微笑作为奖品
发给想象中的冷漠客户
如果她会腹语，爱唠叨心里话
会不会在每个微笑下面
配送一句牢骚，比如草泥马
所以，有一个翘起的臀部
挡在正前方是幸运的
它被一根钢管挤压得有点变形
我用手机调出一支舞曲
想激励它，绕着钢管扭动扭动

但已经到站了。拜拜
美丽的臀部。噢，应该
先拜拜我那位痛经的同事
她怀揣一条东非大裂谷
承受着伦盖伊火山的爆发
和塞伦盖蒂大草原
上百万匹角马的奔突踩踏
脸色苍白，但始终安静地坐着
不想引起任何人关切

表现得像一位传说中的伟大女性
还要拜拜没来得及提到的
死死盯着窗户的老头
他可能发现，地铁窗户
证明了窗户本身才是风景
也可能被窗外一茬一茬
飞扑过来的黑暗蛊惑
在加速肉体和思想的纤维化
我到了那个年纪会怎样呢
这个急着跨出车厢的
松松垮垮的中年人
多像蚯蚓拉出的一团湿泥
地铁司机呢？也拜一下吧
那从没见过的神秘人
希望他，不要因为长时间
被放在潮湿昏暗的地方
长出散发着烂红薯气味的脸
不要为适应在地下管状空间穿行
真的进化出一个蚯蚓的头
在停电的时候
拖着恐慌的人群继续前行

这一天真来了

西　娃

2017
中国
诗歌排行榜

你出生还不到
8个月的那一年
我去一座湖边的房子里
陪同失恋女友

她夜半惊惧地站起来
幽魂一样满屋转圈
她双手扯着
头发
一缕缕脱落，慢镜头一样
在白炽灯光下，飘

可我的身体，语言，却像被
强力胶粘住了

熟睡于婴儿车里的你
在她压抑的抽泣声中
放声哭起来，仿佛她全部疼痛
正在通过你的身体
释放

女儿，从那时我就担心
生怕有一天
你也会像她这样

而这一天真来了……

磨刀记

刘　年

拉开了抽屉，却拉不开刀
生锈，就是生气
谁也不会愿意，在黑暗的监狱里
和一堆过期的药片关在一起

溪水的凉，刚好适合钢
石头，是刀的肥皂，磨，是对刀的抚摸
刀的嘴角开始微翘
吐出了新月状的舌头

挥刀砍水，水，应声而裂
还刀入鞘，天色明显地暗了几分

舞

宇　向

他们跳舞
在就要摔下台阶的地方
他们转身
在一洼水的边沿

他们转身

抬脚，擦过仓皇的掉队的蚂蚁

仰身，掠过没头苍蝇的灰翅膀

在暗杀者有效射程的终点

在熔岩漫延的末梢

他们转身

回旋。跳着舞

在观看者诚惶诚恐的目力所及处

他们跳着舞

他们跳舞

密林中

轩辕轼轲

不让下车

只能透过窗户

看密林中的夜色

月光很亮

清晰地看到动物们

走来走去

"这些动物从不觅食

它们只舔舐

自己的伤口"

"结疤后不会饿吗"

"不会，每隔一段时间

就有饲养员
给它们补一枪"

牺　牲

郭建强

而草原能够提供足够的牺牲！
那些野生的驴群、舌生刺勾的盘羊
那些移动的鲜肉：牦牛和绵羊
那些从不停止的吻部的蠕动——
如果单看这个运动的器官，
你可能丧失繁殖的意趣。

然后是肉食者——
大型猫科动物，眼神冰凉
狼群和鹰钩，爪上沾血
还有人，草原上稀疏的人
和城市里虱虮一样重叠
正在死去或者活着
挤爆这个蓝色星球的人
他们蠕动——他们的嘴、他们的胃
他们的脑结构，窄窄的小小的生殖器

牺牲是现在时，牺牲是进行时
有谁配享牺牲，你们真是
供养人（拿什么供养），或者被供养者——？

咔嚓咔嚓，牙齿切合

肠鸣，饱嗝，排泄

响声足够大，早上惊走月亮

响声微不足道，太阳仍在升起

天使的眼泪传奇

阿　翔

此处的微雨，用忠于你的方式，

确保比它还深刻的距离，随身携带的

暗夜，幽亮得犹如波浪的低音，

意味着它在你的生活中从未误入歧途。

低于过早的落叶。直到你证实

我们的交流比饕餮的本色仍然有效，

也只有在提前的波浪中，探底

才能获得你更好的潜行。

从真实到虚无，其实超过了

全部的安慰。以至于你在想，麻醉

是暂时的，它在我们之间不参与

对世界的偏见。正如你看到的——

黑暗获得大雨的般配，一点也

不逊于天使的眼泪。其次，天堂

同样保持着黑暗的距离，群峰的致谢
仿佛你低头认出了你的源头。

遥远的味道始终呼应着记忆的
正面和反面，极少改变地貌的隐喻。
也有例外，在你对天使提出要求之前，
天使曾以眼泪照耀了你的照耀本身。

古城曲阜

刘　川

他万里来到
圣人居住过的这座
千年古城
只为拆下
最老的一块板砖
回家去拍
不孝的
孙

新诗集的面世

太 阿

分娩的这一天来临，十个月

与十年没什么不同，号叫的喜悦

与响亮的哭声告诉世界：我来了，

我将看见一切，勒杜鹃、鬼脸、向日葵……

以及昨日的诗篇——

城市里的斑马、飞行记、证词与眷恋，

一个苗的远征从不征服谁，唯向死而生。

他不会忘记子宫、脐带，

所经过的煎熬、审查已被暴雨冲刷，

但胎记、删改的痕迹留下，此刻虽然阳光，

但很快就会有暴雨，甚至冰雹，

强对流天气必须做好最坏的打算。

一颗自由的心从此开始生长　，愤怒也开始，

一个诗人推开的窗户除了星辰、离歌，

还有乌鸦、蛇，无法预知的动物，

为此不要期待奖赏，生命额外的好运

就像眼前那棵树，在酷热中被拦腰斩断，

茂盛的叶子在地上打滚——

它们将被挖掘机带走，

在海边的焚烧厂变成灰，风吹来

它们焦臭的尸体味。

这一切都源自黑森林的诱惑，

而不是伊甸园。

第六辑
2017年度 "60后" 十大诗人

在侯马

侯　马

暮色里

我跟一个沉默的人摔跤

他是我的好友

但越摔越陌生

越摔越像敌人

我有十足的把握

能将他摔倒

但我无论如何努力

他依然站立

缠斗不止

观众走光了

天色越来越黑

我俩互相掐住肩膀

势均力敌真是难搞

雨中，过古荔枝园

谷　禾

青苔近墨。绿在滴水

六百年。八百年。一千年……

一园子荔枝树
活得虬曲而绝望。弯折的枝头
甜蜜的河流，奔腾喷涌

犹记昨夜入城
湿漉漉的街。灯光。少女。疲惫的脸
雨水停歇之处
灯下一方枕巾，白色，呼吸起伏
荔树还在生长，泥与火焰
扶住阳光。荔果坠落，胎衣丹红

雨生出明亮翅膀。密集的荔枝园
也有空寂时刻。
隔着乱世，必须抓牢它的虬枝铁干

荔果的圆形闪电下
亡灵散步，始于
青苔疯长……给我软梯，让天空低下来

给我舌尖。你说：陌生的
黑叶。白蜡。挂绿。白糖罂
妃子笑……从聚拢
的马骨上路吧。转过身——

你必死于途中
而一颗荔枝在暮色里旋转：如星球……

小回忆

唐　欣

父亲有一次说起　他自己在看
俄罗斯小说时　最感兴趣的不是
恋爱　也非痛苦　而是里面那些
乡村生活的场景　那些贵族们
钓鱼　打猎　甚至参与各种农事
还有各个季节　各种风光　比方
早晨的浓雾　傍晚的大雪　森林
湖水　篝火　还有猎狗和马
他都是百读不厌　有点奇怪
他并没有在乡下待过　看来
我也还真不太了解他呢

一个夜晚的两次微笑

商　震

像一根枯枝从树干脱落
我倒在地上
醒来时
躺在地上
开始是害怕

爬起来就笑了
刚才我已经死了
现在是重生

医生说
我还会死
我又笑了
我心里住着许多死去的人
他们一直是我活着的方向

小鱼山

桑　克

回声是不可信的，
文学馆的回声尤其让人怀疑
它的真诚全都是演员表现出来的
某种感情。那么黄海呢？
那么小鱼山呢？那些聪明人
藏起自己狡猾的蒜皮而把
生动的评价全部赠予山坡上的
海棠，还有暗红的屋顶。
我已经掩藏不住游击队员的疲惫，
它们即将显示于日夜监听
它们的电台主任和实习生，
即将从周末文学晚会中脱身而去，
与风一起周旋，与海鸥一起
谋取波光粼粼的承认。

新年灯会指南

杨小滨

从黄昏就开始鲜艳起来，
到半夜还怎么得了。
更不用提，等到清晨
号角会有多不好意思。
都咯咯地叫个不停，让人
误以为鸡窝里从来没有
摆过生肖的流水席。
本来也飞不上天，
每一对彩虹般的翅膀
都只好挂上星星的糖果。
那么，就把霓裳羽衣
送给风中的可怜新娘吧：
她发甜的眼睛从来还没
跟软月亮比过谁更嗲。
不过，只要从蛋壳里钻出
脑袋来，再哆嗦的鸡鸣
也胜过银河里的天籁。

栗子树在雨中开花

小　引

晨雾中的山顶如此空旷
没有人
显得宁静而肃穆

昨天晚上下雨了我知道
昨天晚上
栗子树在雨中开花了

新东西一夜变旧很正常
我也没办法
有了感情

趁我们还在人间，亲爱的
赶紧下山吧
山顶快被雨水磨圆了

拉　链

草　树

密密的牙齿
轻轻打开，伴随着
一阵嘁嘁声，如耳语
我总以为他凑近来是一种亲密

轻轻推门。轻言细语。坐在沙发上
说起他的家事，声音颤抖，泪光闪烁
一如打开拉链让我翻看
他的苦难行李的全部辛酸

他在餐桌上殷勤热情
就像拉链涂了肥皂
声音滑溜，不再像拉链的声音
我却感觉舒坦：让我在人前长了脸

哗的一声。有锯子开木的锐利
不是打开，而是锁闭
我也看透了他，如发现烟叶上的虫子
晚了，一夜之间一片空洞

西边河

沈　苇

家宅被拆后，东边修起工厂围墙
早晨和傍晚，一天两次我往西边走
穿过挤成疙瘩的新农村建筑群
农人在可怜的一点空地上种菜养花
我认识丝瓜、扁豆、丹桂、枇杷
后来又认识了秋葵、木槿和薜荔
混浊小河通往大运河，看上去似乎
还活着，但谁也记不得它的名字了
有人叫它围角河，有人叫它西塘河
还有人叫它徐家桥的那条河
第一天，在河边看到钓鱼的人
他的耐心终于钓到一条小小的鳊鱼
第二天，有人给簇新的油菜苗浇粪
一勺一勺，像我小时候看到的动作
第三天，在河边想起儿时玩伴红鹰
家境贫寒，从小干粗活、重活
九岁溺水死。苦命而好心的她
是否已投胎转世在一户好人家？
第四天，从远方飞来一只白鹭
油水沐浴，在一棵柳树下整理羽毛
休憩，好奇地望着暗淡下去的水面
第五天，我就要离开了……起风了
秋风吹皱河面，喜鹊在杉树上筑巢
父亲说，今年的巢比去年低了些
说明明年不会有洪水了……

观瀑记

李不嫁

我们溯溪而上，不出几里
见一瀑布，小如白衬衫挂在石上
但它吸引我们跋涉前往
如是我闻
峡谷里隐约的轰鸣
第二道瀑布高大如一树梨花
飞雪四溅。如是我见
第三道、第四道瀑布飞流直下
接下来的那些，姐妹似的
宽衣解带，立定在悬崖上
展现舍生忘死的高度
我们的狂喜，定格于最后那道大瀑布
像母亲，凛然护卫这一方水土。而她的背后，是我们的出口

也是另一些人的入口
他们顺流而下
也将依次经过我来时的路途：
从壮观到平淡，由落差而生的沮丧，由他们自己形容吧

第七辑
2017年度"50后"十大诗人

家庭生活

柏　桦

我一直在寻找一种美，

一种但愿找不到它的神秘之美。

——题记

旦暮之间，已是千年
妈妈别进去，我记得
当时我在北碚电影院
门口哭。还要快跑吗！
成都有个伊藤洋华堂
谁老了天天等待新生？
每一次跟你外出，我
都有一种少年的激动
大海在闪烁，箴言是
恐怖的。我们会忘了
下午的大桥？高痰盂
越用越新，直到永恒……

修仙记

汤养宗

早年我尝试过凡人修仙的问题

投靠一座山，一片树林，林下有

一直向上走的流水

我的师傅也是一只松鹤，白云

是每天必读的课本

为了占卦，我几乎砍掉了所有的青竹

竹签上总写着这几个字：来来去去

偶尔想起人间，清风便

又在耳语：要死要活的事

并不是一人得道，就能鸡犬升天

就能吃一次药一了百了

现在，我有一件很着急的心病

我的炼丹术日臻完善

我的失败却如此怪诞，当我吃下了

长生不老药

这长长的命，却要我把苦头再吃一遍

上台读诗的晚上

王小妮

走向亮处
舞台灯立起一堵光墙。
座席下面黑麻麻
被留在这空台子上的
只有我一个。

一字一字地读
果然它们是我写的
想起某个有月牙的晚上。
现在，我敲着这有字的纸
金属响声一下一下从远处折回。
一字一字
尖韧的钉子带弹性。

擦过绵软的边幕
一边走下台，一边搓手指
两手空空，什么也没有。
因为月牙来过
是它用它的指环在敲打。

2点零5分的莫斯科

梁　平

生物钟长出触须，

爬满身体每一个关节，

我在床上折叠成九十度，

恍惚了。抓不住的梦，

从丽笙酒店八层楼上跌落，

与被我驱逐的夜，

在街头踉跄。

慢性子的莫斯科，

从来不捡拾失落。

我在此刻向北京时间致敬，

这个点，在成都太古里南方向，

第四十层楼有俯冲，

直抵疼痛，

没有起承转合。

这不是时间的差错，

莫斯科已经迁徙到郊外，

冬妮娅、娜塔莎都隐姓埋名，

黑夜的白，无人能懂。

一个酒醉的俄罗斯男人，

从隔壁酒吧出来，

找不到回家的路。

塔尔寺的钟声

谢克强

谁敲响的钟声
一波一波　由近而远
响在时间之外

这天外的来音呵
让远来的风虔诚地舞动
也让树的思想战栗

只有我　站在十字路口
不知所措

菩　萨

梁尔源

晚年的祖母总掩着那道木门
烧三炷香
摆几碟供果
闭目合掌，嘴中碎碎祷念
家人都知道祖母在和菩萨说话

那天，风儿扰事
吭当推一下
祖母没在意，吭当又推了一下
祖母仍心神不乱
吭当，推第三下的时候
祖母慢慢起身，挪动双腿
轻轻打开木门
见没人，沉默片刻
自言自语："哦，原来是菩萨！"

潜 伏

吕贵品

殷红而暖暖的血液啊！
如春风吹拂我全身血脉的柳条
柔柔地起舞

心沉醉在血液的恬美之中
静静观赏山水之躯飘起柳烟花雾

突然，有声音蠢蠢欲动
我心里潜伏着鬼影　正在幢幢伛步
一种莫名其妙的恐惧
让一层鸡皮疙瘩在人皮上浮出

看见一个乞丐老人

一声"骗子！"我心里落叶簌簌
听说有人关进了监狱
一声"活该！"我心里枯枝悠悠
遇到了缓行送葬的灵车
一声"让开！"我心里残花楚楚

我心里善良的宁静总被骚扰
总有一群"哼"的声音从鼻腔发出
裹挟着嫉妒、轻蔑、猜忌
还有恼怒

那一天我循着鼻腔"哼"的声音
找到了那只潜伏在我心里的动物
人们俗称小人
我号啕大哭

从此，一切都在努力
我每周三次透析清洗我的血液
争取在我还活着的时候把它清除

拴马桩

车延高

拴着一条路，拴过桀骜不驯
拴过一支军队或商队，拴过皇上的坐骑
有时，拴一段历史

拴住败走麦城的马蹄
遗憾的是
拴不住霸王的脾气
拴不住英雄和美人爱过的江山

洞天漂流之后

雨　田

我乘着漂流船一路呼啸而去　穿过黑洞时
隐藏在寂寞心里的秘密已经不是秘密了
我在反问自己　这就是梦想中的奇幻世界吗

其实洞里的每朵石花都在对我微笑　还有
那古老的滴水声并没有失去它本身的透明度
而我站在这里觉得人多么的可怜　是耻辱的过客

是的　这里再碎小的石头　它也是完整的石头
它的内心隐藏着还没有燃烧的火焰　而我
抖颤着的灵魂不知为什么变得如此的苍白

总有一天　我会把洞天的激情写进我的诗歌
让那些充满悲剧色彩的幽灵见鬼去吧　怀着光阴
我心旷神怡地和这里千奇百怪的钟乳石一同衰老

篝火已点燃

典裘沽酒

众兽手拉手围着你跳舞
你的脸朦胧灯笼却亮
你唱着歌儿
兽们身影斑驳脚步零乱
歌声缭绕宁静的村庄

今晚，黑夜不再漂染你的内心
今晚，所有的往事都不需记起
你的梦惊醒你沉睡的青春
你美丽的眼睛里星火闪烁

众兽散时你的忧郁也散
我从远方赶来，要带你去远方

第八辑
2017年度十大女诗人

阿姑山谣

蓝 蓝

阿姑山，阿姑山
一群羊在坡上啃着青草。

四个孩子在草滩上笑
他们的爹娘在树林里哭。

阿姑山，阿姑山
沟里有十颗黑色土豆
桌子上有一只空碗。

一把斧头跟着你们
太阳在穷人的脖子上闪耀。

阿姑山，阿姑山
今晚的月亮又大又亮
有罪的诗人正在把你歌唱。

小区暮景

荣　荣

桂花树在上一季就收了香气
绯色的云　醉了傍晚的天空
两棵紫叶李　兀自护着暗红的李子
凉风中晃动的是碧绿的海桐

一个中年人　缓缓走来
他的眼底敛着半明半暗的宠溺
脚边蹿出的老猫　在空地里伸着懒腰
它的闲适　融入周遭的寂静

有人在窗前张望　他探究的一眼
似乎让低处的黄杨纠结颤动
此刻　我与世界还有多少关联
近旁的那棵竹子　正清理去冬的残叶

斑鬣狗洞，或人类为什么要筑巢而居

安　琪

最初是一个人
然后是一群人

隐蔽的洞穴

洞门虽窄

洞内却宽敞无比

虽然光线不足

洞壁潮湿

人还是感到舒服

至少不用被风吹

被雨打

被雪埋

人在洞里

繁衍生息

千年已过

又是千年

最初是一条狗

然后是一群狗

发现了此洞穴

它们嗷嗷叫着

龇着大狗牙

喷着血红狗眼

直往洞里钻

洞门虽窄

也挡不住它们凶猛

斑鬣狗

我们是伟大的斑鬣狗

我们来了

就不想再走

可怜的人啊

拖着伤痕累累的躯体

逃出了洞穴

他们已不习惯在露天生活
怎么办
有巢氏一挥手
同志们
筑巢！

妈妈整天坐在公园的石头上

湘莲子

午饭时间到了
弟弟从手机定位上看到母亲
已来到楼下
踱了几个来回
掉头又走了
她走过菜市场
老年俱乐部
卫生所
公园
上坡下坡
来到她和父亲住了几十年的家
在没有铺盖的床上坐了一会
又回到公园的大石头上
弟弟问
您怎么还不回家吃饭
怎么到楼下了又走开了呀
母亲不承认

我哪里都没去呀
我一直坐在这块石头上

苍老的浮云

李之平

戏剧总是出其不意
突然抬头，看到久别的朋友。
是他，如今偶在朋友圈看到

依旧帅。那时心颤的感觉
依旧刺疼此刻。
中年麻痹，竟还能激动？

事实的距离越来越远
岁月不可能将流逝拉近

时间的流水
早已完成应尽的工作——
将纠葛牵绊冲刷殆尽
只剩苍老的浮云。

你唯一知道的，自己依旧疾恶如仇，
厌恶攀附功名。
视真人如亲，虚者如蝼。

尘世掠过惊叹号。

你对青春不朽尊严的维护，

对热爱者无保留的付出。

然后是省略号。

这之后，夕阳映照

期待另一种辉光覆盖

我们周身

越来越模糊，直到消失。

告别之前

李轻松

"你闭上的眼睛，也许在另一个世界睁开"

你落下的秋叶，正是告别春天的那枚嫩芽儿

"我没有一句话是可以妄谈的"

让微弱的小鸟，告别高高的白桦林

"茉莉一笑，便是春天的诳语"

一位女神告别吹动的云朵

"精致的内心是一场及时雨"

而粗糙的荒漠刚好告别了一缕炊烟

"一篇具有生命力的散文恰如其分"

一场荆棘的病告别了尘世

"浇了一个冬天的野花今天开了！"
菩萨刚走，我就告别了自我，水滴圆润

凌晨四点的勃莱

梅　尔

凌晨四点的勃莱
委派一只深秋的蚊子叫醒我
一块深色巧克力
抓住驴耳的鬃毛
勃莱说　他的审判
"是一千年的快乐"

我便也学习雪地里的宁静
在身边寻找明尼苏达州的风景
我怕惊动草底下沉睡的蟒蛇
勃莱的阳光和力量
拽我走出阿蒂拉·尤若夫的死亡
我怕打开波德莱尔的厌倦
打开诗人们的忧伤与绝望
一只猎犬一般积极的勃莱
舔着我被词语熏黑的伤口

不再惧怕失眠

原来每个词都可以宁静地带着光

从对岸游过来勃莱的海盗船

满载着鱼虾和珠宝

把渔夫的骄傲

涂在面包上

时间史里的杂质

冯 晏

阴影之处，有高呼忠诚，

有突然断电，

钨丝冷却，光缩回到螺旋体内。

人类屈辱的经验还没有完成。

有管道开裂、发水，

有塑料拖鞋半夜蹚过时间走廊。

我的暴怒一直被失眠拖延至今，

但一些粗词并非不在我的优雅之内。

阴影处有急促敲门，

锣鼓沿街治罪。

房间内有惨白、虚空，

有身体颤音流向十指。

当暴雨登上铁皮屋顶。

加密或者上堂，

大多数人都被暗中瞄准。

那时，灵魂与恐惧犹如日常的粗粮，

发霉的葵花、土豆或者玉米……

阴影处有嗅觉，

燃烧，硝烟里飞出一只焦炭气味的蝴蝶，

有一幅关于逃跑的身体自画像，

木质的头挂上白杨树，

瓷器的腿掉下深渊。

阴影处还有年少，

砸碎邻居的玻璃，手飞驰，

龟裂、冻疮，被西北风雕刻。

耳边，语言压低到比沉默更深一层。

我无法错过一场海啸岸边的年代延长线，

回味一枚精神被抽丝的蚕蛹。

阴影处有悬梁，跳楼，

钢铁里有卧轨。

这些守护美丽软骨的必要远去……

阴影处有以对为错，

有蝙蝠从山洞飞来的黑色生存区。

也有领取粮票，瘦骨嶙峋的枯手和双腿。

有糖精，甜的假设，

有老式胶片电影放映机，

以及观看朝鲜影片反讽的哭。

阴影处有我对思想禁区漫长的荒野出走。

还有父辈们高傲的颈椎，

低垂时超过扫街的柳树。

我看见

阿 毛

我看见诵诗者
他的善和悲悯

我看见甲壳虫
它的禅和摇滚

我的现在
抱着我的从前

呢喃冲着海浪
耳语似惊雷

世道有变，我们亦然
不论是故乡还是异域

我们有不同的眼光、道路
和暮色

远山装着巨大的神秘

娜仁琪琪格

草原之上是墨绿的丛林　而后就是连绵的山峦

一个人走向海日罕　浓郁低矮的灌木

向我交出了神秘　咻咻的小兽的喘息

近在咫尺

静默着坐下来　便触摸到了柔软的绒毛

漫卷的云遮住烈日　将天空压低

此时　我是离天庭最近的人　此时凡尘远离了我

纷扰远离了我　我只管静默着望向天际

瞬息万变的瑰丽　屏住了我的呼吸

再没有什么可纷扰我　撼动我

在扎鲁特草原　在连绵的山岭　在草原与丛林的结合处

我把自己坐成了一株花红　坐成寂静中的寂静

阳光鳞隙的瀑布　沐浴了我

淹没了我

注：海日罕，蒙古语，山岳、高山的意思。

第九辑
2017年度十大寂静诗人

表　象

路　云

在一片枯草上，摊开四肢，
进入睡眠状态。
困倦的身体在午后的阳光中，
打开每一个毛孔，
任由细密的汗水冒出来。
它们完成一场集结后，
我醒来，额头，颈圈周围，
甚至全身都能摸到它们，
热乎乎的身子。
那一刻，我为我的粗暴吃惊，
春天刚刚开始，
它们还没来得及迈开步子，
加入到草根的行动。
为此，我老老实实躺在原地，
等它们每个小分队，
都消失在风中，才起身。
走着走着，不由得一阵小跑，
从身上掉下来的枯草梗，
随即跃向空中，向你频频挥手。

从前的孩子
——格林童话版

小　海

从前
有个固执的小孩
从来不听妈妈的话
后来，连仁慈的上帝
都不喜欢了
让他生重病
没有一个医生
能够医治好

很快他就不行了
人们把他放进坟墓
覆上泥土

一只小手臂
从泥土中伸出来

人们把那只手臂
塞回墓里
盖上一层新土
再踩踏结实

那只小手臂
从盖好的土里
又冒了上来

来来回回
好多次

最后
小孩的妈妈
被请到坟墓前

她折下墓前的树枝
一下，两下
反复抽打
伸出的手臂

挨打的手臂
终于缩了回去

这回
地下的孩子
终于安静了

一个人在天山北麓醒来

还叫悟空

山顶上有雪
跟枕头
在同一水平线上

我坐起来
朝山上看了看
那雪中
也有一个人起床了

折　叠
黑　丰

一张纸，究竟有多高
一张纸，究竟有多厚的积淀
以为一张纸
就凭一张精致的纸
一块印花图案的白纸帕
——就可以玩魔术……

这个下午我一直没有吃出味来
下午的某一刻
你突然从一只盒子抽纸

一张缓慢变化的纸
在我正用餐的一刻
反复……

空难性的折叠

从下午2点开始

这个动作一直在反复

把这个下午的尴尬折叠
把这个下午纷飞的雪花折叠
把用这个下午来飞翔的翅膀折叠
把这半年暗无天日的劳动折叠
把一己的尊严
和一次冗长的忍耐一起折叠
把这死寂的黑色火药和暴力时间折叠

就凭一张纸
一张火轻易就可以从下面洞穿的纸

2017
中国
诗歌排行榜

我将成为个好诗人

老　德

我已经打通任督二脉
对于死人有种敬畏之心
常躲在黑暗的角落
偷窥这晃动的世界
更有趣的是　对于文字还
保持着一种好奇
在主谓语之间转换自如
昨晚和儿子聊天　他说
肯尼亚的父亲　正在荒野里
追杀着鬣狗　我犹豫了

半天　才告诉他　花了两万块钱
我已装上了一副假牙
我想　黄昏将至
在风高月黑的晚上
动物们出现时
我将成为一个好诗人

绝　望
孤　城

春天在窗外喊哑多少回嗓子了？
那把木椅
再没能回到山林——回到一棵树
骚动的身子里
探出那些绿茸茸的，兴奋的
小耳朵

寂静
静到在枯守的深夜，越来越能听懂
一把日渐疏松的椅子
发出的
闷吼

夜色无语苍凉，更迭如流

鹅峰寺

叙　灵

眼前一座山

有云块投下的

阴影在移动，

一阵檀香

夹杂几粒鸟音

从远处松林而来。

今天早上

七八只长尾鸟

在兰若小院的园子里啄食，

昨天这个时候

常忠师兄下山去了

前几天还在听他说

长尾鸟出现

天会下雨。

中午

天突然下起一阵细雨

我帮下山的林燕丹居士

收了两次晾在竹竿间的衣服，

过后

约过了几小时

我靠在茶楼的杉木栏杆边

眼前的一座山

突然被一束光所照亮

一　生

方文竹

他在童年建造了一座理想的大厦

老年时它成了一片废墟

他开始周游世界　看到

有人用了他的钢筋

有人用了他的砖头

有人用了他的红木家具

有人用了他的花岗岩

有人用了他的防盗门窗

有人用了他的设计图纸

这些家伙不是偷不是抢么

那么　现在还能要回这些东西么

李桂与陈香香

刘傲夫

为婚宴准备的

一场水库炸鱼

李桂炸飞了

自己左臂

也炸跑了

陈香香这个人

陈香香嫁到外地
李桂没有哭
他用毛笔
将"李桂"和"陈香香"
工工整整地
写在了两家
并排的电表上

老船木

韩庆成

曾经是伟岸的树
绿叶掩映的躯体，遮挡过
自海而来的台风
有一天它们集体倒下
斧刨锯凿的盛宴之后
成为劈浪的舷首
或远行的桨舵
成为一条奔向南方之海的船

而今它们静静躺在这里
残破的身躯
再一次被排列，被组合，被命名
成为厚重的桌、台、凳、椅

成为惊涛骇浪之后
一方沉默的海

我在这黑色的海上品茗
细小的纹理中藏有滔天的海浪
我品出遥远的腥风
品出将至的骤雨

第十辑
2017年度十大艺术家诗人

看一个短片

黄明祥

暴雨连连数日，有人发来一个视频
一幢民房，旁边是洪流
前坪首先一点点瓦解，接着
阳台下被掏空，然后红砖墙壁裂开
倾斜着，家里的物件往下掉
终于，彻底垮塌，灰尘很快散尽
房子与地基一同不复存在
镜头平稳，一镜到底
它的朴拙还表现在画外
一个妇女讲着方言。我又播放了一遍
又听了一遍惊呼的声音
这片子很多人已经看过，或正在看
相同的崩溃在不同的地方发生
一样的惊呼，差不多的时间
从不同的人口中发出

秘　法

车前子

在她晚年，
只收一个学生，
关上门教，
不让人知道。

见缝插针的学院派，
睡觉是最好的高潮，
众神在旁，
对此却毫无兴趣。

秩序与证据

——给NG（牛耕）

孙　磊

直觉的形式提醒我，每一天
都不与傍晚相斥。路有时塌下来，
在不固定的轮胎里，螺丝是松弛的繁华。

我只能紧缩，将咖啡馆角落的火光
认作父亲，我知道

那些持续已经很凉了，
像一杯苦艾酒，在眼前的冰块中。

在仅有的几个词中，我仍相信那些直径，
相信相互的热、摩擦和推迟，
会产生新的致敬。

因此，我还需要特殊的震慑，
瘫在笔里，我需要一段均匀的呼吸，
而不是目光，需要人帮我将桌上的一切
清理干净，像我从没有到过这儿一样。

内在结构

铁　心

临考美院那年
在美术班学习素描
大家对着一个石膏骷髅
画了又画
辅导老师感叹
画素描要了解内在结构
要是能对着个真人头骨画就好了
没过几天
做过一年待业青年
又回到学习班复课的同学余岗
拿着一个真头骨来了

大家都很兴奋

以为它是医用的仿真用具

老师详尽地分析了它的结构和质感

同学们抓紧时间画起来

每个人都想多画几张

怕余同学会很快还回去

只有我不着急

当时只有我知道

余岗的姐夫在火葬场工作

因为他私下找过我几次

想让我问问当警察的父亲

帮他姐夫农转非

他说，亲爱的

牧　野

他说，亲爱的

一只猫头鹰从他头上飞过

他想收回"亲爱的"

实话实说，已经晚了

一只猫头鹰从他头上飞过

爸爸在水中想我

张　卫

清明，我从北方到南方
去江边探望父亲

江水从南往北，默默流淌
我知道，爸爸在水中想我

我们在岸上，向水中观望
这个仪式，每年继续，从不间断

父亲是个北方汉子
却把骨灰撒在南方

沙石为邻，群鱼为伴
十五年了，父亲都在水中待着

从那时起，一到水边
我会站在岸上观望

那年，我在海边旅行，海水打湿了鞋面
我知道，父亲离我很近

哪天，若我故亡，我会变成一条鱼
在水中寻行，游往父亲的方向

被风吹走

唐 棣

爱上了一块灰色的野蘑菇，看着它
就像心也蒙了一层绒毛，暖和极了
对山谷、河流的爱
就不如对一只瞪眼蜻蜓和小蝌蚪的爱
爱越来越小，一点不扎眼
就可以一会儿被风吹走
一会儿被水冲淡
每次只要一出现，就有了性命似的摇曳

雪天里木柴烧起来

刘一君

道清再次出去抱了捆柴
除了这条取火的道路
他的脚没踏进山中半步
雪下成什么样
世界就是什么样

我把木柴搁进炉膛
雪吱地叫一声　就溜了

茶也喝瘦了一壶
又是道清出去
掐了一篮青叶回来

天冷得越来越高　经楼的
檐外　雪片在厮磨着飘摇
生在云间　下在地上
彼此的缘分
也只飞落的这一程

冷些好　我说
油松烧着的味道比枸木香
这时道清放了个屁
久也不散　半晌
他还是伸手扇了扇鼻子

我们说哪儿了　我问
道清说　我们没说什么呢
我"哦"了一声　转望屋外
道清拿起火钳又架了根柴
嗞嗞啪啪地响了起来

写给父亲

杨佴旻

到了四十岁
你发现你越来越像他

那张脸
甚至性情

又过了几年
你发现

你原本是父亲设置好的
是他的一场转移

批　评

杨　卫

我收集了所有的黑暗
只是为了让月亮蹦出来
变得更加明亮

第十一辑

2017年度十大翻译家诗人

庞　德

王家新

你想象在泰山脚下搭一个帐篷，
度过灵魂的美妙夜晚，
而我呢，宁愿住进你的精神病院，
在那里嗯啊哈的，
别人还以为那些就是诗。

叹　息
——念牛汉老人

树　才

人世间最深最长的叹息——
我是从牛汉老人的嘴里听到的

"唉……！"毫无征兆
你独自舒出一口长长长长的气

第一次，我听着怔住了
你竟然抱歉："把你吓着了……"

认识你时，你已经是老人了

那时出门，你经常骑自行车

后来出门少了，后来坐轮椅了
最后悬成了一幅睁着眼睛的肖像

有人邀你过八十大寿，我陪你
前往，途中我又听见你一声长叹

多苦、多无奈、多痛心的叹息啊
接下来，我们一句话都没说

有一次，我调皮地用了个比喻——
说你的叹息像我听到过的钱塘潮

"轰……！"就那么一轰隆
海潮和江水就高高地把自己拍碎

你从不解释。直到我陪你回老家
目睹你高大身躯跪倒在母亲的坟前

那是城墙外的一处泥土斜坡
满脸的老泪，让你久久站不起来

返途，进了云冈石窟，你说——
"佛像风化了，我喜欢！石头嘛……"

低血糖。我突然预感不对——
果然，我们从厕所把你搀扶出来

怕出事。那晚我和你同居一室
我看见你裸露的腿上长着好多黑斑

入睡前，你又长叹了一声
尾音，在房间里回荡了很久很久

叹息后，你就安然入睡了
那一夜，你透露给我一个秘密

如今，你已经永远入梦了
那叹息，其实是火无法焚毁的

在骨灰、骨块和骨灰盒里
那叹息还活着，仍会惊动周围

比如今天，恍惚间，不知为何
我又听见你这声长长长长的叹息

豆豆没了

高　兴

日子是空洞的，是苍白的
就因为没了豆豆
没了豆豆，时空是涣散的
是死寂的。节奏，韵律，光线
风，雨，雪，种种的消息
统统没了，就因为：豆豆没了

豆豆没了，我才充分意识到
一个逗点的分量和意义
一个逗点有时比一座山还重
有时又比一滴水还轻
这一点别人不会明白
可我明白

豆豆，豆豆，豆豆
一眨眼
豆豆已从逗点变成了句号
来世
豆豆还能从句号变回逗点吗

谁知道呢

从此，我的生活少了一个逗点
就像少了一个机关
那机关牵动着我全部的身心
全部的生气
全部的哭和笑的神经

蜻　蜓
伊　沙

从童年开始
有一只蜻蜓

在我头脑中飞行

像立体的

晶莹剔透的草叶

一样漂亮

它一直飞着

一直飞到

我长大成人

进入中年

开始焦虑

它是一条命

怎么还不

飞出去

生　活

汪剑钊

一个人在家，并非必须咀嚼孤独这枚硬果。

语言可以照亮阴郁的内心，
让裸身的对话始终保持愉快的频率。

从书桌的起跑线跃出竹制台历的囚笼，
回到万花筒的童年，
走进恐龙翩翩起舞的白垩纪……

伟大的爱造就渺小的人类，

生命巴士欢快的嚎叫

发自卢布兑换美元残留的瘦褶角。

上弦月亲吻摩天楼的尖喙，

倾泻鱼鳞样的光芒，

为痴情的向日葵写下黑色箴言。

纯净水洒出，构成伪柔情的抛物线，

溺毙于自己的倒影，

而冰溜子绕檐泄露寒冷之秘密。

世界远离我们的想象，

死亡也不是时间的终点。

生活已经结束；而你，还得继续生活。

三峡孤隼

北　塔

明月在它的羽翼下

沉睡得流着口水

那曾趁着夜色飞奔的轮子

潜入了浓雾的伤口

水终究没有因为我的船要转弯

而改变性格和方向

山带着鸟的巢穴和人的棺材
矮下去了
这一片被它浏览过的天空
没有一朵云可以被浪费

一个字可以飞得多高
就可以有多么孤独

孤独得连水中的鱼
都可以忘却

孤独得连自己的翅膀
都可以忽略

虚　空

舒丹丹

春天里铁树开花
蜗牛拖着重重的身躯翻过巨石
面包屑撒在水面
水底游鱼争抢
柴火灶下枯木作响
转眼冷灰堆
青铜鼎熬不过锈迹斑斑

山泉边陶罐刚好打碎

心灵手巧易遭邻人妒忌

日光下劳碌犹如捕风

黄昏街门次第关闭

胡同里麻将声渐渐衰微

人皆走向他永恒的天家

往来都是哀悼的蝼蚁

一个时代

洪君植

到诗人王渝家拜见

青春时期的偶像北岛

换乘地铁的时候

站台上很多信徒唱圣歌

传教，递传单

停下脚步看了近9分钟

没有一个人拿

先前到王渝家的我

给北岛开门

看到他脸上没有一点表情

与木讷的他

握手

后来，大家一起说话

只有我整整一个晚上

在角落喝掉

一箱啤酒

T　说

李以亮

有那么多丑陋和古怪的女人

但是，当我说女人的时候

我还是在说纯洁和美丽

有那么多浅薄和恶俗的诗歌

但是，当我说诗人的时候

我还是想说深刻和高贵

有那么多虚空和孤独的时刻

但是，当我说生活的时候

我还是要说光明和信心

春　天

远　洋

走进星星点点野花的梦幻
渐渐融入山光水色。一个他迷失了
一个你突然醒来
我想学会鸟儿的语言

第十二辑
2017年度十大批评家诗人

喜　鹊
华　清

某些记忆如同不期飞回的鸟
比如现在，两只喜鹊正在窗前的树上
叽叽喳喳，但喜事并未降临
当它们意兴既寂，又不辞而飞
让一个出神的人陷入了往事
让他想到，或许也是某生某世，某个早晨
你们也是相拥在窗前，刚刚做完一件
习惯的事情。或者也许只是相拥一起
任凭体温上升，像两只加热的水瓶
无福无祸，无忧无喜，什么
也没有发生。时光停在玻璃上
安详，温暖，除了喜鹊的叽喳
和时钟的咔咔声，世界一片寂静

在午后，断续地
耿占春

我从午后醒来，紧挨着万物的寂静
试探着此刻，是否依旧可以纠正
一个错误：人可以不朽，不是么

在午后，断续地

一次次醒来，一次次试图纠正

一个人将消失？数不清的逝者

造成了午后的寂静。为什么

断续地。在午后两点钟

我已经这样问了二十年，或三十年

我已无数次试图纠正造物的荒谬

疏忽。夏日或秋日。在午后

两点钟。寂静漫过

炎热或凉爽的午后，经过了无数回

我伏在此刻的试探依旧毫不

奏效。在醒与梦的当口，依旧

显得慌乱，以致错过了仁慈

紧挨着事物的寂静。挣扎。没有

发出声音。想起我爱的人的命运

爱他们。仿佛就是那看不见的

给予我的怜悯

在午后，断续地，我听见

米米和德安，他们的说话声

断续地。我听见。午后的一片

安静，哗哗响，在窗外荷塘上

雪隐鹭鸶

霍俊明

黄昏过去后
整个夜晚有着强大的肺部
那声响，让人想到几十年前的风箱
拉动、开合的风挡，有节奏的呼吸

这一夜的风箱
湿地正在一片茫茫雪阵中
没人能分清白天或夜晚觅食的鹭鸶
只有一两只雪白颀长的身影
它们比空中的雪早些到来

雪隐鹭鸶飞始见，它们静立
那些翎羽静静地闪着光
时间的瓷片正撒落一地
那时而传来的鸣叫显得微弱而近于虚无
而雪在风中掉落得更紧

还有更缓慢的事物吗
胆小的生物更喜欢隐匿
只有长喙是坚硬的
那些白色或灰色的装饰性婚羽
还没来得及长出

卡夫卡自传

简　明

我在地球表层刻下一刀
简洁的刀法，与我的命运相似

飞鸟留在天空中的体温
只有天空才能感知
风，什么痕迹也不会留下

一直往低处走，反而成为高度
我从未超越过别人，只完成了自我
我走了相反的路

我的偏执抑或深刻
羞于后人勘测

我已经不能享受这孤独的春夜了吗？

杨庆祥

我已经不能享受这孤独的春夜了吗？
晚花开在枝头，不，那也是菩萨的手掌
她现在用这手掌翻出一树新绿了

为什么不能跟随她的盛开驶入暗河？
忘记尘世的年纪。不过是活得忧伤
以前说过的话，像花朵浮于忘川

我被这沸腾的欲望折磨良久。
不能再立誓、发愿、回梦了吗？
不能再在这苦心里长出崭新的莲子了吗？

哪有什么不朽啊——

如果不能在她的掌心立佛
也不能，像猫一样偎在她的膝头
看孤独的春夜渐渐被菩萨收走

苏亥赛巨石群

燎　原

这世界很大，我是知道的
但当它居于世界之中却大于世界
你极目四望看不见一个人影
一匹骆驼走着走着
就倏地退回洪荒
一群初来乍到的人张大了口
却发不出声音
这意味着你从阿拉善大戈壁

已一步登天
踏上苏亥赛台地

沙碛之上遍布巨石
来自太古的巨石更像来自太空
星球一样的巨石
海象般趴伏的巨石
怀抱石洞、石窝、石臼的巨石
当它们从冰河期的冲撞中终于水落石出
又被交给了雷霆与风
风从旷古一直吹到昨夜
到了今夜还将是风

但苏亥赛台地此刻万籁俱寂
磨砂蓝的穹空似昼似夜
而你心头一片茫然
像历尽了前世和来生

北方以北

孙晓娅

空旷在漠河身外流淌
一双双棕皮眼睛注目着我的家乡

极光是野蝴蝶毕生的幻想
它们不舍昼夜地飞翔

北方以北
白云复活了黑土的翅膀
被大火焚烧的枯木
斜躺在青荇水中央

左岸是极昼，右岸是边关
北方以北
大兴安岭的魂魄在中国上空传荡

雨　水
李　犁

天上的雨水，心里的雨水，笔里的雨水，我独爱
窝在眼里的雨水。妈妈的、父亲的，更是
坐在马车上缩成一团棉花的姐姐的，这个
富农的女儿，就要嫁给因公致残的军人了

他们不让它流出来，像父亲握紧拳头再慢慢地张开
这符合中国的美学。譬如民乐，唢呐二胡箫
《江河水》《二泉映月》。它们往里凝聚，闪电洪水风暴
越攥越紧，心被锯断了，也不崩盘
黑云压城城欲摧了，云，不坠也不泄

这就是你吗？被同情与愤怒拉扯着，压迫着
疼了，不喊叫，也不拒绝推杯换盏。很多年

我就写这样的诗，滋润湿润，窝着
全部的泪水，不掉下一滴

为生存所思

陈亚平

我由此言说的使命为什么存在
去看见，我们每天走过的大地，成了唯一和所有
空气把这里的水传与万物，耗竭而永舍
我们天命中本诸的自由
也许要创造无数世代

我们还会经历活着的哪些阶段
甚至连日子也不懂得过的人
不知道正是在这里，生活的未来主宰着
栖居的房屋，粮食，这些曾有的器具
扰乱我们心灵的那一日物质的需要
物的诸有没有止境

已经四十年，在同样的一生中
我们的身体被物欲驯顺
像现在，鸟只能成为郊区的所去者，歌唱者
每个渴望所达之处，都是此在的常物

履　历

吴投文

还有什么可以比生命里的纪念更重要
我只是作为一个人行走在这世上
我所走过的地方都有爱
和爱的远方

在蓝天下
我的孤独是如此的蔚蓝
大地上的草木
都向我张开亲切的面孔

我在一处墓园停下来
和逝者留在墓碑上的阴影低语
此刻属于我的隐秘
我安静在此，为逝者与我的隔离轻轻哭泣

我还要走到更远的地方去
带着我的盔甲和盔甲里的悲愤
我的狭隘是另一种宽阔
我祭奠微弱的光芒，而我向往更低处的大海

在我看不见的远方，我的影子
在行走，为一个虚妄的下午
我直接走到黑暗中去
我只有爱，只有爱的履历

第十三辑
2017年度十大小说家诗人

写诗是酒后爬树

——献给特朗斯特罗姆

莫 言

哦，特朗斯特罗姆

如果我敢说你是我的朋友

那我等于自己找死

哦，特朗斯特罗姆

如果我说读过你的诗

那我等于挖坑埋了自己

好东西人人喜欢

最好离着远点儿

见了皇帝老婆叫大姑

呸，你也配！到一边凉快去

哦，特朗斯特罗姆

你的名字

像一串冰糖葫芦

"醒来是梦中跳伞"

写诗是酒后爬树

爬时浑身发痒

羽毛快速生长

爬上树梢变鸟

飞到宇宙深处

那里有很多左手琴谱

当那个被老陈醋烧坏心的秃头歌女

在雪地上裸身打滚时

当那个被五粮液灌醉的目光如鹫的女人
在学院门前抖着翅膀撒泼时
当他们把欲望包装成理想时
当他们把谣言重复成真理时
当我孤掌难鸣有口莫辩时
特朗斯特罗姆说：
这是一个很好的演讲，我喜欢

有一位瑞典画家为我画了一幅肖像
面孔是我，身体是鹿
仿佛一个约定
或者是一个暗示
雪原茫茫，鹿蹄留下的踪迹
是最好的诗

你坐着轮椅
出现在大厅里
你的威仪胜过国王
人们争着与你照相
你不言不语
白发凌乱，目光忧伤
我站在你轮椅后留影
我说的都是真的

黑　暗

邱华栋

我走开了
把你留在一片黑暗中

我回来了
看见你在一片阴影中

你走开了
把我留在一片黑暗中

你不再回来
我本身成为阴影

爬山，我和我的影子

蒋一谈

我和你，慢慢爬山
有时肩并肩，有时一前一后
在夕阳的映照下，你看上去
像一个披着红光的幽浮巨人

你停下脚步，眺望慢飞的晚鸟
我凝视你，很想叫你一声"亲爱的"
我叫了，风牵走了我的声音

风的方言里有空谷幽兰的味道
这一路上，没有人看见我们
我不想打扰山里人
你也不想被打扰

沉默，深深的喜悦
现在，我走在前面引路
一点不担心你会把我推下山崖
而之前的我绝不会如此坦然

装入罐子

赵　卡

隔壁断断断断断断续续续续续续的声音停了。
那条哈哈哈哈哈哈巴巴巴巴巴狗是谁家的。
早上还要慢慢慢慢慢跑跑跑跑跑五公里。
我惊讶于我的嗓音里带着三三三三重回声。

我喜欢不停劳作

刘　汀

总体而言，我喜欢不停劳作
像十代单传的农民
只要是填饱肚子和消耗生命的事
我都干

比如种五谷杂粮
生孩子，喂牲口，喝大酒
再比如跟时间作对，炼丹修道

我已经做过很多事了
还要做更多的事
即便如此，一生的忙忙碌碌
也仅够我回忆半生

怀春记

叶　开

在这种平静里埋伏了很久
内心纠结成几片叶子
还要被无形的手

扯出去，凌乱地在空中硬挺着
仿佛有一种正确性在私语
不可说之道
要吟诵着出来
才能在嘴巴上安装拉链

你也要为即将到来的小雨
而衷心欢呼
围绕着梅花的核心
画一张最美最美的
猫
黑猫和白猫杂交成的花猫
在这个时候
你尽管想象，要大胆

温煦的天气
作为一种敌对势力
包围了我们内心的石头
那只森然的动物
呼之欲出
它有三个脑袋，一条腿
独自站在悬崖边缘
选择了一个温吞吞的立场

屋顶上的树

陈　仓

它站的地方风大一点

颤抖得厉害一点

绿意早一点，凋零也早一点

病虫生得少一点，离天堂近一点

它的根

穿过一对小夫妻的尖叫

穿过一个单身汉满心的虚空和凌乱

穿过一位老人的痴呆和麻木

穿过爱人脸上的疲倦和皱纹

还穿过一片未经装饰的期待

它的根，穿过这么多层悬空的生活

才能扎入地下

几个被摆在地面的等待出售的橘子

羡慕它这棵树能够站到屋顶之上

而它羡慕这些橘子能够被人带走

带到一个未知的

那么低的阴暗里

朗读者

程　维

可以人声咆哮，把它吐出来
像吐一块骨头
不吐不快，不吐就会哽死
不吐就会水深火热，不吐就见不到六月雪
不吐就会一头把墙撞个窟窿，你出不来
他也进不去，不吐行吗

可以轻声细语，尽量温存一些
再温存一些，别犯粗鲁毛病
仿佛对她说些什么，就是要把她搞定
让她死心塌地，变成你的女人
像你在摸一只豹子的皮毛
千万别让它反咬一口，把你扑倒在地
舔着你的面孔，露出牙齿
我是说，语言如豹，吃人不吐骨头
你得小心了，得像个驯兽师那样驯服它
却驯服不了我的诗，它是黑暗中的兽眼
狂荡的野火
数米内的对峙，一箭穿心

父亲笑了

吴茂盛

父亲沉默寡言
不多的几句
我依然记得

父亲不苟言笑
不多的几次
仿佛昨日

那一年
父亲攥着我的小手
把我交给小学启蒙老师——
"这小子顽皮，不听话，打！"
说完　他笑了

后来　我到县城读中学
父亲望着百年名校高高的大门——
"你小子长得比老子还高啊！"
说完　他笑了

后来　我到市里上大学
父亲背着行李把我送到车站——
"你小子比老子读书多啊！"
说完　他笑了

再后来　我到省城做记者

父亲在村里逢人就说——

"那小子比老子我走得远啊！"

说完　他笑了

一天　我沉默寡言不苟言笑的父亲

安详地躺在我的怀里

我紧紧地抱着他

我不想松手

我只想让他再笑一笑

一个平淡无奇的夜晚

宋　尾

春天临近前更冷

半夜，小区很难听到动静

可能保安来过，可能没有。

在每一堵墙壁的后面

秘密失去了张力。

人人都在睡梦中

越过自己的范畴。

此刻我就是这个夜晚。

我收集的事物同它一样多。

我站在阳台上就是一切，我的膝盖

融入薄雾，我看见热量

渗透出来，而我没有办法

将它们收拢。

很长一段时间
我就是这样一种夜晚。
不是出于自省，不是譬喻。
我的敏感使我找到尽头
我的虚荣让我记述下它。

第十四辑

2017年度中国诗坛222将

徽杭古道致王君

赵　野

一

细雨沾衣欲湿，杏花风吹来
一片天，纷乱叙事如山瀑飞泻

断崖仿佛一个经典文本
涂满苔藓、咒语、汴梁和盐

往来的马匹看尽云霞明灭
万物皆知此心的动静

飞鸟明了隐喻，向西迁徙
耀缘师留下，冥想时间履迹

二

冷杉与杜鹃偕朝代生长
成就一个诗人，山河必定泣血

写作要内化一种背景
像这石径，每一步都是深渊

要点燃千年的冰，让杭州和徽州
弥漫宋朝暖意，好比此时

身体下起雪，一个字母击碎虚空
我们谈到传统，狮子洞大放光明

夜

李志勇

很多夜里，楼下面都站着一些牦牛
你半夜睁开眼时它们就在楼下
还有很多站在街上，站在邮政大楼周围
你打开窗挥动手臂想让牦牛们离开
而它们却无动于衷
你独自流着泪
然后你已经习惯了，静静地躺在床上
牦牛，可能都是石雕的
牦牛可能都没有双眼，而在夜里漫游着
很多夜里这楼就像是一顶水泥帐篷
在风里好像晃动着
只那些牦牛的眼睛在外面闪烁着
天亮后，外面什么也没有了
太阳照着空空的街道
雪山在远处闪耀
人们的钥匙，被牦牛驮到了很远的地方

如果每年都能……

张新泉

如果每年都能抽时间
去殡仪馆和墓地看看
在上述两个地方，分别
鞠个躬和点支烟，你就会
对家里的旧沙发、老灶台
热眼相看，并会耐心抚平
旧书中的深浅折痕
赞赏鹩哥的问候语，能在
短句之后又优雅拐弯……

看不见的波动

吉狄马加

有一种东西
在我出生之前
它就存在着
如同空气和阳光
有一种东西，在血液之中奔流
但是用一句话
的确很难说清楚

147

有一种东西，早就潜藏在

意识的最深处

回想起来却又模糊

有一种东西，虽然不属于现实

但我完全相信

鹰是我们的父亲

而祖先走过的路

肯定还是白色

有一种东西，恐怕已经成了永恒

时间稍微一长

就是望着终日相依的群山

自己的双眼也会潮湿

有一种东西，让我默认

万物都有灵魂，人死了

安息在土地和天空之间

有一种东西，似乎永远不会消失

如果作为一个彝人

你还活在世上！

悬空者｜

吴少东

我曾持久观察高远的一处

寒星明灭，失之西隅

展翅的孤鹰，在气流里眩晕

我曾在20楼的阳台上眩晕。
那一刻，思之以形，而忘了具体
无视一棵栾树，花黄果红

譬如飞机腾空后，我从不虑生死
只在意一尺的人生
一架山岭，淡于另一架山岭

曾设想是一颗绝望的脱轨的卫星
在太空中一圈一圈地绕啊
无所谓叛离与接纳

我思之者大，大过海洋与陆地
我思之者小，小于立锥之地
我之思，依然是矛与盾的形态

白杨的碧绿诗学

广　子

真应该替这些碧绿，感谢白杨
陶冶了初夏。我们才有兴致
打开身体的窗户，让穿过
树叶的阳光，顺便穿过肺叶
在可以承受的眩晕中
我们的眼睛终于和它看见的事物
达成了共识。而尘埃也比

平时显得安静，仿佛受到明亮

鼓舞的天使。在白杨

投下的阴凉里，风脱下秋裤

浮云还没来得及换上短袖

紧随春意走出来的我们

需要就近停下来，像白杨一样

抖一抖浑身的树叶，感觉

双脚刚从泥土中拔出来

又变成更粗的根向下扎去

哦，还应该替这个初夏感谢碧绿

替这些白杨感谢冲动的树叶

九寨殇

龚学敏

我只是爱着那死去的一点点。

——题记

菩萨们用天鹅排开的盛宴，撒落在

松针刺破大地时，发出的哀鸣中。

松鼠在天上失眠。一棵树的神经，

洗了又洗，直到藏袍嘶哑，

大地的灯芯，

空洞成一张纸写不上去的灰烬。

菩萨说，死去的水，和将要出生的水，
是你们的亲人，
你们的足迹要痛。

遗下名字的神，诺日朗。风把噙在
牦牛嘴里的魄吹散，
青稞们苟且，怀孕的田野被葬礼
撒在行将死去的飞翔中。

长在地上的经幡，
把她们结下的粮食用马驮到了天上。

海子的肺沿着雨滴一点点地回去，
天空把蓝装殓在初秋的铁匣中，
生锈，直到大海干涸。
菩萨说，你要在那一天，
用蓝铺天的遗体，哭出声来。

失去名分的水，被霜剪成碎片，
遗弃在羊皮辞典的围栏外面。
红叶不敢末途，
让芦苇们挤在一起的绝版，哭成，
一句话。一掉，便再也捡不起来。

黑颈鹤用割断的喉，
抹去人、酥油、房屋、月光和森林，
水露出大地黑色的底牌。

鱼死去的口型，保持恐惧。
鱼用寺庙中的海螺，替代自己念经。

火花海。菩萨说，把她的油灯吹了，
睡觉。记着，要把火花，种在人心
还可以发芽的大地上。

困难中的爱

雪　迪

2017诗歌排行榜

和解的时候
我感到接近源头
我被诗歌长长的篮子
摇着。我的手在另一个现实里
写出散发植物香气的诗句
我的肉体在困难的时刻
享受那些诗句，使在
意识中的此生获得拯救
接近源头。那是
不带有自我强烈意识的
喜悦。生命是液体
摇晃着，传送出美妙的
自在进行着的赞美
那时诗歌的篮子
就在这片明净的摇荡的
水中，上上下下
活着的人们感到爱和被爱：
清澈宁静的幸福

在困难中的爱，是我的诗

在另一个现实完整的一节

结束。新的一节诞生

还未显现出来。我摸索

返回时迷失。感到生命

在内在的自我中哭喊

感到写出第一句，就

和整个生命连接起来的艰难

此生的艰难，使此生

在另一个现实中

无阻碍地滑动。越多的爱

使我们的返回、困惑、受难

降到最少的次数。那只

诗歌的篮子

最终满满地盛着水

在此生的最后日子里

向上升。水连接水

水拉着水向上

在诗歌的清澈宁静里

为仍旧有许多次生命的人们

在自己的完整的爱中

为他们祝福

戏笔与雕像

刘洁岷

是称呼符拉迪沃斯托克

还是称呼海参崴成了酒桌上的

一个问题这个问题的答案将出现在

我以下的设问里：太平洋边的石头

被盗贼打磨了一百多年成了

碧玉，石头的主人，主人的后裔

是否就要心悦诚服于当年抢夺？

我知道审查者会质疑

"二流时代"这种说辞

我也知道这一种说辞会被

另一种审读者奖赏，但有没有

所谓一流的时代呢这始终悬而未决

我们是否可以，在喝藕汤或绿豆汤时

不把在远东的嘀嘀咕咕当成在远方的说话

坐在窗口的某某是一个剪影

当他被全世界的镁光灯对准时是一串

无法被汉语的江汉平原方言念准的发音

和一块大小等于法德两国面积的领土

以及一条同多瑙河一样长的河流

祖辈就在那里被圈杀或驱逐，那位前伟人

在白鸥的雕像上飞翔并拉下含有梅毒的排泄物

雷 声

马启代

——它们又在喊我了。我看到天际几片云站出来
薄如蝉羽，正由白变黑
风抓起几把尘土一扬，便伏下了身子

诸神的笑脸时近时远，若有若无

埋头于我之所思，我此时的内心大于穹庐
许久，它们用几滴雨叫我
风抬头看我的脸色，我不为所动

——这空旷的午后，过早醒来的人看到了
有一个时辰，神比人多
它们一起用云和影子擦拭天空和大地

我诗行的沟壑起伏奔突，雾霭愈加深了

——这世界需要霹雳和闪电，那一声一声呼唤
肯定是想把我心中的雷声喊出来
我一写，空气中便爆出噼里啪啦的火花

在淇澳岛湿地像唐代推己及人抒情

杨　克

那么低的天空
那么圆的夕阳
风吹芦苇几丝涟漪
白茫茫悬空摇晃大海

卤蕨弯茎荡桨
芭蕉阔叶扬帆
丢弃在野渡的木船
独自冥想

涧边杂花生树
秋茄和互花米草散漫攀谈

爬满滩涂的招潮蟹
一只只大螯张狂雄性
白鹭接翼蹁跹而至
弹涂鱼在泥水里不停跳动
蝌蚪是美妙的音符
大围湾似弦月
张开一把横琴　弹奏田园乐章

羁旅天涯
摇摇摆摆几个食客
跟随归巢的鸭子
迈着外八字红掌

废物论

余笑忠

我弯腰查看一大片艾蒿
从离屋舍之近来看，应该是
某人种植的，而非野生
药用价值使它走俏
艾蒿的味道是苦的，鸡鸭不会啄它
牛羊不会啃它

站起身来，眼前是竹林和杂树
一棵高大的樟树已经死了
在万木争荣的春天，它的死
倍加醒目
在一簇簇伏地而生的艾蒿旁
它的死
似乎带着庄子的苦笑
但即便它死了，也没有人把它砍倒
仿佛正是这醒目的死，这入定
这废物，获得了审视的目光

秋水令

上官南华

河流开始了，顺着异丙醇的化合流程
早晨也是一种遗嘱，一定有什么离开了

你身体有两个直角
很多个斜坡，出口，入口

我渴望进入一棵树
而最终是木板，琴匣

云朵带来了一辆大货车的黑影
我见过一桶石油，黏稠得像一个夜晚浓缩的梦境

我记得爷爷的孤独是快乐地喝酒
然后地磁和命运相遇，然后草就成了性灵派

我又看过那一排七间的绿漆木窗的房子
我在那里睡过吗，雨中奶奶推磨磨新玉米碴子

我总是带着事物的两个锋面生活做事
不给纯粹留下口实

我不会事实性地记着天空
如果我接通闪电，接通雷霆的话筒
电话那头会凉凉地结晶出霜露

我想起一双顺着皂水冲进下水道的袜子
袜筒有红色织花的袜子，我的脚皮屑很恶心
但会在海的蓝色里浮现

我突然记起一个旧年的友人
我很想跟他喝杯酒

这时候我喜欢云
有一朵会是你的身体蒸发的热气

应该记得秋天
我们分辨心和信，我们称义

土地的神经末梢怎样
空气没有记忆吗

守长夜兮思君
生中堂以游观兮
越万里而来征

仰望上苍的也许永远是河流
是水

是秋水

雨天写作

姜念光

雨点在树叶上落下
我在键盘上打字
雨点从上向下落
我把字由左向右写
我们各有各的事情要做
只有声音是相似的
雨点小，清脆，自由
我慢，不安，形式主义
雨凭空完成
我却需要另外的支点
捧着头，企图压榨出霓虹
还像钟似的，拎着许多大词
一再响，一再向上
使劲儿飞

我，不可阻挡

谢颐城

我，不可阻挡
你想，你能阻挡太平洋吗

还是喜马拉雅的崛起

亚美大陆桥的断裂

黄石公园的火山积聚了我几亿年的全部储备

你希望看到今夜的爆发吗

带着全宇宙最璀璨的焰火

只要我愿意

我可以把大陆坼裂

让美洲大陆和亚欧大陆

像我的肩胛骨对称列布

让澳洲

做我小小的腹心

这里还有一截没清除干净的脐带

连着复活节岛的石像

向着天宇祈祷

你知道我不可阻挡吗

上帝，请给我一个证明

让他们闭嘴

布拉格，致卡夫卡

杨北城

一九一六年，九月

我们在瓦茨拉夫大街

一个拐角处，碰个正着

他迎面向我走来

帽檐压得很低

午后的布拉格下着雨

他手里的黑布伞没有打开

两根黑铁的伞骨，已经折断

这让他的外衣有些潮湿

穿过瓦茨拉夫广场

他摘下了饥饿的面具

他曾对世人，表演过这项技艺

人们围着他逆时针转动

那时他的困境

也困扰了半个欧洲

小石块铺砌的台阶上

冷漠，和尖锐的口哨

一再刺痛他的肺

寒鸦飞过开阔的伏尔塔瓦河

落在了对岸的草丛里

那天，我像一只甲壳虫

趴在圣维特教堂的钟楼上

始终不敢出声

　"一个饥饿艺术家

即使活在今天，仍将死于肺病"

合适的眼泪
蒋　涛

演员比别人会流泪吧
不
要流出与那场景合适的泪
需要
把灵魂削一块下来

魔术师
三个A

她年轻时
从没跟别人
谈过什么理想
每天上班下班
吃饭做梦
拉拉家常
也没有人见过
她发脾气
突然有一天
她走在路上
从嘴里吐出

一团火球
路人惊呼：
魔术师！

天鹅飞翔

叶延滨

天鹅死了，死天鹅让我知道
风是多情的，多情的风有温度
有温度的风正温柔地掀动
天鹅渐渐没有温度的羽毛

比风更有温度的手指
捏住鹅毛管削成的笔
这支被风抚爱了一生的羽管
纸上留下了风的影子

风的影子就是灵魂的影子
影子在文字里挑出的衣裳那是诗
比手更有温度的诗正托起我
说，飞一次吧，哪怕在梦里飞……

水在光中变化

王学芯

水面上没有影子　灯光

在片刻前穿过　绿色的波纹

靠近池边　进入另一种存在

如同一块玻璃慢慢变暗

慢慢静止　让所有的柳枝

看不见它

远离时光的池塘

伴着寒冷　像一个沉重的包袱

被我目光放下

歇在那里

控制了自己的喘气和动静

脑袋浮在水面上

虚空的表情

波纹关在脑袋的沟回里

水面上没有一丝影子

祝寿侧记

王夫刚

王木金46岁时，决定为自己祝寿。

之前，他刚经历了一次没有女方在场的

离婚；再之前，他经历的

是一次没有女方在场的结婚。

王木金买了46个礼炮

从他修摩托车的铺面，到设宴的饭店

一路燃放，拉礼炮的皮卡车上

悬挂着热烈的横幅——

全国人民祝王木金先生生日快乐！

寿席上，王木金接到了

一位女性来电——像博尔赫斯

雇佣街头的问候者一样

王木金微笑着按下手机免提

接受祝福，并且和对方开起了玩笑

一个荤素搭配的段子

曾在短信中横飞乱舞。

祝寿的花费，来自王木金的形式主义婚姻

所产生的利润：有人需要超生

而他，成为游戏的

环节之一。这个村子里最为著名的

单身汉，曾在修车铺的墙上

写过：爱情是一种奢侈品。

还曾写过：人类本身就是一个骗局。

老公鸡

阿　尔

一只老公鸡的头终于被剁去，红鸡冠跳跃一下
飞上了蓝天

无头公鸡迈方步，甚至还想奔跑，不，是已经在奔跑
无头公鸡还想打鸣，噗噜噗噜的橡皮管，飞溅着血沫子

后面的朝阳，有如落日
前面的鸡舍，仿佛墓地

蓝天是那么蓝
蓝天哟，是那么蓝

左边的翅膀划动如船桨，右边的翅膀旋转似车轮
它始终不是舞动干戚的刑天

不是不肯接受到来的死亡，而是它还没
完全准备好

一根旧竹竿在它脚下轻轻使个绊子
它轻轻一跃就跳了过去

引 力

高春林

请回到水的冷澈。请唤醒。

请清亮地发出嗓音，从遮蔽的真相。

在雨水与泪水之间的麋鹿，

在一个人的栈道上，请走出异己。

在人群中寻找，你是你的眼睛。

请给活的夜一个黎明之词。

请在暗下来的世界，游荡出身体。

你的险情，在于洪水即将淹没的

意志溃散到一个临界点，

请自立一个闸门，或立栏杆。

请在曲别针卡住的危险上

找到迂回的潜艇，给出你的引力。

请切入时间。时间即正题。

请站出来，给水一个巨大的风浪。

欲　回

古　马

给我清晨的小路

河流的波光

给我喜鹊翅膀

和一点点闲散

给我没有目的

没有差使

落木偿还旧账

秋虫关闭电话

不乞巧

不再把拱桥认作鲲鹏的脊背

给我一座豆浆铺

给我香雾

豹隐于此

给走过的人一碗热气腾腾的

豆浆和眼底的余温

跳绳曲

王单单

是不是空中有什么
可以安放我的身体
我反复跳起来
又回到原地

是不是脚下有什么
可以吸走我的身体
我反复跳起来
又回到原地

亲爱的，这下好啦！
我最后一次
和你跳绳
一部分回到空中
一部分落进地里

回到空中的
你让它远去
落进地里的
无须再捡起

蟋蟀之歌

和慧平

两只蟋蟀拉着声音的锯子

在窸窸窣窣切割夜色

青草越割越黄

露珠越锯越凉

声音越拉越细

夜色越切越寒

蟋蟀　蟋蟀

这两位大地上的抒情歌手　一只

一屁股坐进秋天的门槛　另一只

被月亮厚重的背影埋葬

两只一辈子无法碰面的蟋蟀

在望不穿的秋天的尽头

拉着声音的锯子

彼此用夜色取暖

没有原浆我们活得索然无味

龙　俊

敲开天灵盖
猴子露出脑海
我们用勺子掏挖出白花花的原浆

掀开地表层
地球露出地中海
我们搭起钻井使劲往里钻出黑油油的原浆

空镜头

刘起伦

那神秘影子与宽敞亮堂的大厅形成强烈反差
它使我着迷。阳光穿过回廊
又穿过窗玻璃，倾泻在光滑地板上
有一股暖流心中涌起，给我一种交谈的冲动
而近处没有一个人，甚至一只猫，一只狗
远处天空一贫如洗，少了一群生动飞鸟
我的眼里何时蓄满泪水？我不知道
多年来，我一直回避柔软的词
可这样一个空镜头，偏偏找到一种感动

白

马端刚

笔尖轻轻划过白纸

一起一落，诊断书记录你白色的轨迹

你面色苍白，头发花白

从白色村庄，到茫茫草原

像一只白色的鸟

孤独地飞，坚强地笑

告诉孩子们清白地做人，干净地做事

你倒在了白色的雪地

从此与白色药片成为兄弟

终于有一天，白衣天使把你推出了病房

窗外白雪皑皑

你停止了白色的呼吸

白色大地留下了白色思念

雨的理由

成明进

有一种飞翔选择天空

有一种飞翔脱离羽毛

有一种飞翔

一点点一滴滴

在热的季节里脱离飞翔

在冷的思绪里覆盖白色的道德

有一种飞翔

一点点一滴滴

封存于淡然

化解是天机

牛羊埋头吃喝

猿人架起石锅火煮

有一种飞翔牵着火的智慧舞蹈

有一种飞翔一直一直沉睡在山涧

有一种飞翔

是雨的理由

我与我的未来相遇

李成恩

我坐在窗下，透过北京的雨

看见了你：一只身材矮壮的牦牛

它是白色的，在青海湖边久久望着我

它的弯角指向蓝天

天空飘着云朵，脚下的草地毡子一样

铺向我的未来

我看见我穿过北京的大雨

走向那只眼睛乌黑的牦牛

另一只鸟在叫，细碎的叫声
它站在我家窗外的树梢
夏天的雨打湿了它的羽毛
它将如何度过这个漫长的白天
到夜里它就安静下来
或许雨会在黑暗里停止
它蹲在雨里，像一个胆怯的女孩
它红色的爪子抓住树枝
像抓住未来的我颤抖的肩膀

我走在雨里，我想遇见
远处山路上一群小学生
他们打着赤脚，踩在泥水里
雨中他们是快乐的
塑料雨披下单薄的身体
挤在一起，我想撩开雨
抚摸他们清瘦的脸，其中有一张脸
是我的脸，雨水正在我脸上流淌

我回到一间倾斜的屋子
昏暗的光线，桌椅隐约
但看不清是什么年代
灶膛里木柴噼啪作响
哦我的妈妈，柴火照亮了她
她从一圈亮光里抬起头
对着我羞涩一笑
哦我的妈妈，我从我的未来
回到了童年的家

爸爸，我年轻的爸爸还没有衰老
他坚毅的嘴角，宽阔的额头

出现在我的童年，我望着未来的我哭了
我哭我离去的亲人，我哭渐渐明亮的故乡
故乡的道路上，家禽摇摆脚步
一路上像我的亲人，招呼我回家

此刻，我从泥泞的山路上
回到了树影婆娑的北京窗下
哦我的妈妈，你看着未来的我
在夜色里像那只打盹的小鸟

所有的动物都有一双善良的眼神
不仅仅是青海湖边的牦牛
不仅仅是北京窗外的小鸟
不仅仅是故乡的家禽
它们拦在我必经的路上
与将要淋湿我的雨相遇
与未来的我相遇

假如拒绝一直停在刀上

花　语

拒绝是最快的刀
死亡不是

死亡只是，停在刀上
睡着了

红螺寺遇雨

李 瑾

在红螺寺，群山比人们虔诚，提前将
道路修进自己的身体
树木是蜿蜒的
鸟鸣把万物叫得清脆而碧绿。一尊佛
坐井观天，一尊佛进山采药
正享受着迷路，享受着丢失自己
最初，云雾尚是金属质地的，风一吹
刀斧湿润，回音做出了回避。在寺中
只有京城不是皈依的，京城
把白云变成乌云，把人间变成人质
乌云中，一些无法返乡的人正围拢着
自己的心事，这些心事鲜为人知，却
暗含阴晴
怀有微凉的前世

雨水恰如其分地落下来
一滴滴的，让坚硬的石板露出了善意
人们似乎学会了忏悔，他们举着雨伞
整个庙宇往下流着，一直钻进隙缝里

理发师

聂　权

那个理发师
现在不知怎样了

少年时的一个
理发师。屋里有炉火
红彤彤的
有昏昏欲睡的灯光
忽然，两个警察推门
像冬夜的一阵冷风

"得让人家把发理完"
两个警察
掏出一副手铐
理发师一言不发
他知道他们为什么来，他等待他们
应已久。他沉默地为我理发
细心、细致
偶尔忍不住颤动的手指
像屋檐上，落进光影里的
一株冷冷的枯草

像说话一样写诗

图　雅

夜已深
在北京的一个咖啡店里
我跟伊沙、侯马、蒋涛等聊天
侯马问徐江最近怎么样
我回答后
不知怎么说到了下面的事
我少女的时候
特想当兵
在街上我希望能被星探一样的
征兵人撞上……
伊沙说你就这样写诗多好

金脉黑斑蝶

李满强

我曾豢养过老虎
野狼和狮子，在我年轻的时候
我以为那就是闪电，刀子和道路

不惑之年，我更愿意豢养

一只蝴蝶。它有着弱不禁风的身躯
但能穿过三千多公里的天空和风暴

漫长的迁徙路上,它们
瘦小的触须,每时每刻
都在接受太阳的指引

在我因为无助而仰望的时刻
金脉黑斑蝶正在横穿美洲大陆
仿佛上帝派出的信使

大鸟之声

杨厚均

一直在等待一种声音
一次和浩渺洞庭的共鸣

那枚粗糙的语词
就这样踏着我的步履
破空而来
嘶哑而苍凉
它甚至在夜空摩擦出
长长的尾翼

而它的翼下
此刻正春意盎然

万物正萌生着各色单纯的梦

而它，高高在上
一骑孤尘
像一位老者
把他全部的念想
化作秋夜带血的咳声

他原谅了世界对他的冒犯

俫　俫

今夜，在江布拉克，他是另一个人
喝酒不写诗，诗不能抵抗寒冷，也不能
抵抗黑暗和劣质生活的野蛮入侵
酒后，瘫坐在山脚下的草地上发呆
弯曲的天空下，命运俯下身来亲吻了热泪
安静的群山不动声色地铺展进身体里
他成为群山的一部分
寒星寂寥闪烁，大地悲悯无声
在灯火的明灭中，在隐秘的洗礼中
他原谅了世界对他的冒犯

白桦林

唐小米

沿途皆白桦，凉爽若秋

有些叶子提前黄了，落下来

凋落比生长更悄无声息

先落下来的树叶

很快就被后落的一片覆盖了，混淆了

秋天就要到来

不断下落的，一层掩埋着另一层

在大地上腐烂的事物，看起来

并没有什么区别

但这前仆后继的死

是多么惊心动魄

坐秋风

李世俊

一定走失了什么

一片叶的枯黄坐在火炉上

一些村庄的麻药

阻断江流中的鱼影，赶路的钟声

物质的和非物质的脚印

一寸一寸超过额头
秋风运送的白雪
没有染白冬季

日 子

胡　澄

一生中总有几个不平常的日子
其中一些，你想把它高高挂起
在一群平常的日子中间
它们那么耀眼。也有一些
你恨不得把它除掉，就像肠腔里的
肿块。除掉它，以使肠腔顺畅

三观不同者，也混在我的队伍里
她构成了我的曲折、我的弯路
以及我的日子的风景线

已经过去的都是我的日子
一生将尽，这些日子
我既不能全然还给尘世
也不能卷起来带走
但它们的信息
镶嵌在我灵魂的磁片里

秋天来了

姚　娜

秋天来了
谁不冷呢

秋天来了
你去散步
扶着拐杖
去敲打石子
去丈量石子的忧伤

你走吧
秋天也冷

秋天来了
你可别打坟茔旁走过

饱满的人间

卢　辉

列车是饱满的，站台是饱满的，送别
是饱满的。一双眼

提前到达目的地，速度是饱满的
沿途的垃圾是饱满的，标语是饱满的
桥梁是饱满的
河道是饱满的
风是布袋子，装了沙和空气，风景是饱满的
因为树木站两边，态度是饱满的
人人都是公民，身份是饱满的
一杯水是饱满的，方便面是饱满的
书是饱满的，绿色多多，车窗是饱满的
天一黑，灯光也是饱满的

刀在砧板上

鲁　橹

他是一个忧郁的少年。他是游离的
晚上回到白天，中午的鱼腥味弥漫
他掂了掂自己的夜宴——
灯火深处，人群里的呼喊声、划拳令
齐齐地涌向后厨

后厨多么庄严：刀光剑影，显山露水
刀在砧板上，正敲击
一个人间

借助

阿登

秋天，树叶开始起飞，它们借助风
崖畔，寄生虫开始起飞，它们借助鹰
黎明，人群开始起飞，我们借助星球

同时起飞的，还有死去的亲人
他们借助我们

一个男人走着走着突然哭了起来

邰筐

一个男人走着走着
突然哭了起来
听不到抽泣声
他只是在无声地流泪
他看上去和我一样
也是个外省男人
他孤单的身影
像一张移动的地图
他落寞的眼神
如两个漂泊的邮箱

他为什么哭呢

是不是和我一样

老家也有个四岁的女儿

是不是也刚刚接完

亲人的一个电话

或许他只是为

越积越重的暮色哭

为即将到来的漫长的黑夜哭

或许什么也不因为

他就是想大哭一场

这个陌生的中年男人

他动情的泪水

最后全都汇集到

我的身体里

泡软了我早已

麻木坚硬的心

我跟在他后面走

我拍拍他肩膀关切地

叫了声"兄弟"

他刚刚点着的烟卷

就很自然地

叼到了我的嘴里

一个女人的黑

孙　梧

在雨与草屋之间，她用一块石头

抵住两根欲倒的木梁，防止夜被浸泡

她是多么热爱每一个夜晚啊，可以静

静到村里只有她一个女人，听不到小巷里的狗叫

打开门就能赴一场二十年前的私会

可以黑，黑到看不到新恨

黑到屋后的小树林，有她的呻吟声

有花草，有她抚摸的温度

来驱逐体内的寒，与黑对峙

剩下的日子里，只有他在身体内是完整的

把她变成现在这样子

可是闪电时不时撕裂着夜

闪出荒草比庄稼旺盛的田，闪出被黑洗白的肉体

一滴一滴流着水

她依然是一个人，唱一个人的歌

睡一个人的床。用弯曲的身子

在水里摇晃，把黑弄得心神不宁

近 夏

谢小灵

阿辽沙在阳台上
阿辽沙来到夜里十二点半
阿辽沙记得一月的深处
他和她也是感觉那么的美
河水哗哗流着听不见一条鱼他们自身的琴声
月光在施魔法，触摸消失的一块硬币
我们快乐来自谁都不知道我们爱谁
我说离开潭柘寺很久了
他说玉兰树有自己的悲悯
莲花说到最后就睡着了
我们还是知道不可以离菩萨太远。

窗 口

李龙炳

没有下雨，我也打着雨伞
经过你的窗口，你可以借更高的阳台
理解我的拐弯，朝向人民南路
许多人看不见我的头

少女牵着一条燃烧的狗

挤上了公共汽车

她脖子上火星四溅，我和她隔着

三个以上的警察

乞丐在废铁中找到自己的牙印

他有时会抱着桥墩，喊"亲爱的"

他的骄傲来自

没有一条河能淹死他

没有下雨，我也打着雨伞

经过你的窗口，你在封闭的卧室里听见

我拐弯时的心咣当作响

没有人知道我吃过比身体更多的煤炭

你想说爱我的时候

我的头上已经长出了蘑菇

放 牧

唐 晴

这么纷乱的世界

我必然会丢失一些我的羊只

我不会因此失去辽阔的大漠

失去大漠上艰难生长的寸草

失去我更多羊只

茁壮成长的机会
你们看见的三个骑者
是我的幻影
在天空下飘移

莲乡之夜

叶菊如

天还没有完全暗淡。下了一整天的雨此刻停了
我们弃车代步。在湘江边
夜色中的悲悯、寥廓
让人们误以为
我们都是落魄之人

这的确是苦命诗人的样子——
再没有一行大雁飞过头顶
可你们还是和我一次次谈到
我的北国；往昔和肝胆

多好。众神不言
只有江水借风使劲浩荡
仿佛它也有共鸣，也有磅礴的苍凉

多好。我们虚构人世的阴影
沿途灯火，却坚持将我们一一照亮

过 河

沙 克

一群人一群人披着阳光奔走
过了前面的河
夜里，这条河打着月光
引导又一群人
架桥过河，另一群人蹚水过河

在我的年岁里
三代人一起过河了
眼镜蛇、蝎子犹豫到最后
也过河了

……都过河了
河这边，剩下我，带着我亲生的影子

待在出生地，读圣贤书
对影子讲为什么人有影子的道理
也对星斗、风云和心脏讲

前面的河岸
在向我移动
越来越近我看见它腰间贴着膏药
我向后退

那条河岸还在向我移动
我向后退，我看清了它小腿的汗毛

那条河岸一直向我靠近
我退到悬崖

那条河横到我眼前
水色迷幻，像一种鸡尾酒
上层红色，中间绿色，底层紫黑色
紫黑色是三代人的血和血和血
直到此时
我也没有过河

悬崖边的影子颤抖了
忍不住对我说
到最后了，你带我过河吧
这条河未必是什么底线
可能是幸福线啊

秋　夜

管党生

打火机连打二十八下
终于有火苗蹿出
口袋里还有两个火机
我就是要试下
看来没门的事
能否出现转机

对　立

徐南鹏

对人世保持适度热情。
一只鸟飞过，我目光追随
我的虔诚并没有引它在草地落下
而是径直朝寺院方向飞远
此时，天空晴朗，白云悬垂
街上人来人往。这座城市
一定也有我熟识的人
一定也有我酷爱的食物
而不可理解的景象是：
体内夕照汹涌，
体外霞光万丈

表　达

周春泉

还是觉得爱的表达方式
应该深山处一些……
像山泉水　在山窝默默地流
空谷或夜深人静的地方
一棵树对另一棵树或一株小草

单独悄悄地表达……
压轻声音　压得比气流还轻
似若即若离的云
羞答答的　欲言又止……
还像林间物语
洗掉一些蜂蝶孟浪的成分
那样　情怯怯地表达……

卖莲翁

肖　歌

在地下通道
偶遇
莲蓬新鲜，面容苍老

驻足拍照
他说：老家伙丑
还是照美女好

我双手合十
面对一尊坐地的佛
及脸上绽放的慈悲的笑

合　葬

吴友财

一个朋友说，早上办公楼门口
有一只鸟，不知道怎么死的
看上去像是睡着了，没有伤痕

另一个朋友说，她正在跟孩子们做游戏
一只鸟疾速撞在窗户玻璃上
死于非命，羽翼纷飞

多么蹊跷，两处相隔千里的所在
有两只鸟毫无征兆地死去
仿佛
死于一种妥协
死于一种捍卫

我把它们联系在一起
如同给出一个合葬

落 日

王自亮

这个过于复杂的世界此刻被简化，
简化成一条地平线——
总体上直，近似弧形。
半球形太阳，内部的黄金液体，
在沸腾中彼此撞击。

然后是：佑护一只金蛋的
无边大地，还有那黑暗，
体温缓缓下降的黑暗。

最后，
是一只蝼蚁的遗体告别仪式。

面 具

王国伟

有段时间我神经衰弱
看天空不再蔚蓝

张嘴呐喊，严重
发不出声音

似乎是恐惧，使脸上的肌肉
僵直，如面具

我不想见人，任何
活动的东西

我在自己的人皮面具下
在密室中，给自己演戏

傩舞。神圣或鬼魅
忘记了时间是否，曾停留

我撕开胸膛
用自己的血水，洗脸

从面具的纹理中
读取到隐约的光线

起　念

束晓静

下雨。一个人在看杂志
两个人在下围棋

三个人在斗地主

雨下在他们外面

他们不抬头。雨是

下给我看的。我感觉

天网　其实是有

疏漏的

谁在此刻想起了我呢

只是想起

世上有没有

这个谁

我起念，对着镜中

试秋衣的自己

也像是一个

模糊的念头

我也没有

想起谁

夜的光线

圣　歆

委身于五十年开不败的白茶花

清凉禅寺听到一种切割声

他并不寂寞。如同木鱼常年不动声色

痛，变成院子里小菜园那土下被抽打的种子

冲破欲望，留下成长与挣扎痕迹

茶水越喝越清醒。狗伴叫不偷

窝在他身边，抬头看向黑魆魆的高处

夜已经默许山上发生过火光

有点温暖，有点像雪后那把铁壶

归纳他古旧的夜生活

之于石头，之于肉体

莫笑愚

石头与斧头不是因果关系

正如流水与我

流水淌过石头

卵石晶亮，粒粒都像珍珠

斧头剖开一个人的身体

掏出破碎喑哑的石头

活着的人跳进流水

像卵石投身河流

洗净石头的流水，也会洗净人的

芜杂，污血和所有的不洁

当我在河边，像岩石一样沉思

河里的石头也沉默不语

汉　字

曾　蒙

我有怀旧的过往，

有很多恨，

更有更多的爱。

我热爱老树昏鸦，

也与周围的市区一样欢喜。

古老的汉字里，

流淌的河流，

是如此传统，也是如此执迷。

我在每一粒粮食里，

读出了简单的诗意，

还有恐惧的雄狮，

阴暗的心理。

我在这里的冬天，

读出了深度与寒冷。

每当阳光照射出万物的凋零，

我一样非常伤心。

更亲切的肠胃也相当反叛，

更多的森林，

容不下一只刺猬。

在汉语的两面，

不能有更多的冤屈。

我熟悉的汉字，召唤出更多的幽灵，

我与他们为邻，

我与你们，比邻而居。

一滴入魂

潇　潇

等你风尘仆仆赶来
用心准备的
菜肴摆上桌子
红豆薏米汤为你洗尘

拿手的烹鱼和青菜
是否对你胃口
佳酿下去
如流水的古琴
围绕我们对饮

清凉、透明的诱惑
一杯又一杯，发出米香
我们品着，说着眼前
和几十年后的事情

说着世俗的门槛
说着从命运中抬起头颅
说着战争的边缘
圣徒落难而死
人心为何物

一个被倾诉捏痛的夜晚
两颗飘浮悲悯的心
爱到深处，一滴入魂

涌起的冲动
像荒芜一样无边

代　价

姚　辉

与苍鹰打赌的人输光了全部雨意。

你讥笑过谁搁在天空左侧的那条道路？
泥泞来自梦境　来自一种比梦境更深的遐想
而你始终站在路上——泥泞熊熊燃烧
你被逐渐抬升的远方　一次次放弃

苍鹰越过了太多的瞩望。你被惊醒
你扭动鹰影　让季节陷入到更大的空旷中
你说出过鹰影试图击溃的启示

该怎样用一把毛羽制作天穹深藏的黑暗？
你攥热鹰锈蚀的骨殖　在一滴雨中
寻找鹰翅推开的最后隐秘……

你让遥远的火焰回到冬天　回到
鹰与鹰交错的企盼深处　你让火焰流泪
让火焰　成为苍鹰命定的追忆

而所有苦痛都与道路有关

为了旭日参差的暗影　你赌上全部骨肉
你赌上了　旗帜肮脏的第一千种寄寓

与苍鹰打赌的人赢得了彩绘的所有崎岖。

蓝布裙子

杜　华

清晨

我换上一条蓝布裙子

和外婆一起

去庙里

山林寂静

晨光斑驳的小路旁

可以看到

落叶和金色的稻田

山中的湖面

如明镜般澄澈

外婆唠叨说

她今天要去放生，念往生咒

而我，却想品尝庙里那些素净的斋饭

因为只有这样

才能配得上我这条裙子

一 月

水 尘

绿皮火车运来开卷的人
他翻开那古老的白色封面，拂去沙尘
手蘸一把温热，改写天气预报的内容
他的体内沟壑万千，牛羊遍地
醒来时，只有一首永远写不完的诗
黎明，照亮露珠的呓语和岩石的梦

他常常想拨开野草，找寻上山的路
只为体验向上且置身高处的感觉
却常常被风吹进下山者的队伍
残雪的下午，远方和青春拒绝想念
他猜测清凉之册的背后，长句的模样
走近一杯蒙古奶茶，让咖啡凉在隔夜

星光下，披衣出门的人
眼睛旅行在地图上，鞋底生锈
路死于此，诗在远方
山顶的积雪，成了一篇没句号的祭文
他给一座山铺开一场雪
等待落下更大的白，或者黑色的字
一只高旋的鹰，落在最高处的岩石上

落 日

喻 言

草坪上悠闲散步的狗

地铁出口处匆匆的脚步

玻璃房子里面对面喝咖啡的男女

坐在帝国黄昏时光里

享受太阳最后的温度

格林威治子午线从脚下穿过

我左临东半球右临西半球

一只脚踩着昨天一只脚踩着明天

像一根鱼刺卡在时间的喉管里

卡在两个世界之间

我一动也不敢动

只要一转身

夜晚的墨汁就要漫过来

把天空最后的留白浸染

音德日图神泉

杨森君

我不便把它描绘得多么富有诗意

其实，在距离它不远的一片沙漠里

大风刮出的马骨，让我惊悚

秋天的阿拉善右旗还不算太冷
沙子凉得很慢

从高处向下看
伸入湖水的沙脊
像一只只金黄的老虎在饮水——

它们的身上
是线条匀称的花纹

宋　瓷

蒲小林

风是烧不死的
如果时光是一阵风
时光也烧不死
大宋，甚至更早一些
一团火，以瓷器或碎片的形式
烧死了自己

千年历史，不过就是这样一场
以何种方式赴死，或者以何种方式
求生的简单游戏

多年以后，在我老家遂宁的菜地里
一把锄头再次挖出了火
但锄禾的老人并不知道
他是挖到了火本身
还是挖到了火的活口，又或者
他仅仅是挖出了藏在泥土中的
一段时光

拆那·失恋

刘不伟

前天吧大概
网购了一双鞋
是的
牛筋底
耐磨

一大早
我穿着新鞋
去踏青

一出门
钱家的狗
恶狠狠斜了我一眼

左转直行就是

呼伦贝尔南路
南路有南风
第一下凉第二下不凉第三下
眉头一展

这突如其来的难过
咣当

时间的爬虫

赵晓梦

总有一些事情让你力不从心
比如蟑螂站在时间的齿轮上
想停却停不下来。钟摆永恒摆动
就像十字架上的耶稣有滴不完的血

"我将不会为我的灵魂找到休息"
哪儿都有激情的烂泥需要沙子搀扶
当风在天空的臂弯里变成灰色
我们不得不在信号接力中艰难阅读

如果以不断延伸的天际线来测量视线
我保证,你看不出这面墙的弧形
就像教堂的内墙早已变成外墙
而神父早已宽恕那些长椅上坐着的无罪人

鎏金的蟑螂行走在鎏金的齿轮上
你有一种沉溺于备受重视的错觉
世界宽广，天空的脚手架箭一样掉落
在剑桥，酒吧始终处在街道的结尾处

历史就是眼前这个无限循环的圆盘
解开一个秘密才发现另一个更加危险
那些给时间留下线索的人不是被误解
就是被诅咒，过去、现在和未来只存在血液里

当紫禁城庄严的大殿上响起下流小调
欧洲人正对这个无险可冒的世界感到厌烦
自然的谜底向一个好奇多思的心灵敞开
犹如教堂的穹顶落入吊灯规律的摆动

从成都到伦敦，我在眩晕中穿过庞大梦境
注视和谛听时间的人有的是时间
皈依宗教的人首先皈依奇技淫巧的钟表
只要风不停止吹拂灵魂就不会飘落

都市人心不累的活法并非只有出离
只要这蟑螂还在时间的齿轮上无声踱步
就没有人会在语法的错误中被处死
——我们的脸上写着无智者的魔法

在这密封的镜框里，你看到爬虫和自己
坐时间门槛上。我讲述的就是正在发生的
如同你亲眼所见一样准确无误——
迫使你把丢掉一边的事情都捡回来

远离风暴的舵手

老　巢

我不能奔跑

要小心

我的法国战靴

是蚂蚁们

和花朵们一个王国的

面积，每一步

都可能改朝换代

都可能是

很酷的吸血鬼

让世界

在我手里飞

夜是一匹幽蓝的马

谈雅丽

姨妈老得厉害，妈妈看见她七十多岁的姐姐

说话含糊，走路蹒跚，头发银白

并不像前些年，她俩在院子里斗气

说狠话，她一甩手从此一去不回

后来十年，她们没有一个电话，没有见面
湛江、常德，距离使她们决定相互忘记

当姨妈从火车上下来，看见她妹妹就哭了
随身的箱子里装着姨父的骨灰

也许是她携带的死亡使亲人获得了和解
她俩在夜色中手拉手地哭泣
不再为过去斤斤计较——

站台边一座低矮平房，房边种着青翠的蔬菜
清冷的光线流了一地
使那天的我恍惚觉得，夜是一匹幽蓝的马

岛　屿

龚　璇

它，漂浮海平线上。以灵魂的陆地
与黑色风暴，以及昏黄的浊流
抗争命运的殊死。封闭的心脏
顶住深水中未见之物，冥想前行的欲望

它，不再隐姓埋名。以暗礁的供词
向鱼群示爱，力逐被宠坏的杂念
引吭高歌。在一片深不可测的海域
奔忙着，竖起信仰的桅杆，高高耸立

椰树刺破天空的寂寞。总觉得
胳膊酸疼，脊椎受伤。梦开始的时候
大海走神的片刻，谁的耳朵边
响起锐利的声音，又听见频繁的叹息
我想起，那一阵子，苦闷高于身体
轻微地颤抖时，语言的惊慌
带着海的咸涩，贯穿隐蔽的谜团
心的秩序被搅乱，想说出的话
应验着古老的命题，何等的忧虑
我不知道该不该信任潮汐
经历冲击的沙滩和岸礁，平静之后
岛屿的美迅速崛起

贝壳，海星，以及攀岩的藤壶
红树林，芭蕉叶，以及层染的山色
都是心灵的捕手，谁还会疑窦丛生？

怕黑的狗

周伟文

狗的吼叫
很大程度上是虚张声势
其内心充满恐惧
就像父亲去世后
与母亲形影相随的这条狗

总是对着黑夜吼叫

因为它，也和母亲一样

怕黑

那一年

——献给母亲

蒋雪峰

那一年

母亲背着

不满周岁的我

沿着成昆铁路

往上走

那是个夜晚

她背着一团

牙牙学语的肉

不时让着

呼啸而过的火车

她粗大的辫子

又黑又亮

火车挟裹的风

只能吹动

她的刘海

生下我

她还不到十九岁

成昆铁路旁

她的丈夫

是一个小学校长

造反派扬言

要把他当夜斗死

十九岁的母亲

连夜背着我

沿着铁路

往学校赶

七十岁大寿时

黑发变白发

她第一次给我讲

那个夜晚

她说，她只想

要死，一家人死在一起

外婆，我来了

洪宗甫

我在小山村借宿

小山村像一张老式床

我在床上

如一片落叶

被风翻来覆去

月光皎白，泻出水的声响

杉树和影子构成一个指向

我看见有一个人
在墓碑前不停磕头
那个人是谁
墓碑上刻的"陈氏"异常清晰
是我外婆的姓

秋风破
——在草堂茅屋凭吊诗圣杜甫

彭志强

秋水在眉头泛滥。群树低头，歪斜的脖子
沙沙作响。大雁驾驶百万云朵和黄沙
从北方赶来，打破了浣花溪的凉意。

浣花散落溪边，芦苇荡漾人心
一匹匹白马在剑门关外八百里加急
呼啸而红。信札密封的挽歌贴满了驿站

故乡远离心脏。在水里打量时局的人
磨刀一样磨亮衣衫，草堂寺便开始大规模
删僧减侣。

最后只剩下半路出家的你
苦吟行囊，在一阵噼里啪啦的雨声中
破了戒，还了俗。

在茅前屋后佝偻身躯种药的人，是你
用诗句给病危的李唐每一座山每一条河
开的处方。

多事的蜜蜂坠入花的悬崖。墓碑上
溅起的泪花在呐喊：每一朵花都应留下
可以托付终身的名字和住址。

秋风越来越大，终究吹破了一颗
锁在茅屋的心。人去屋空，诗意咯血
仿佛万里河山被开膛破肚。

墙脚下的猫

哑　君

它不应该是一只野猫
在这个社区
它每天都在哀嚎
像一个饥饿的孩子

它不应该是一只野猫
在这个雨季
它蜷缩在墙脚下
嗅着那被毒死的老鼠

它不应该是一只野猫

在这些夜晚

它的哀嚎

吵不醒沉睡的居民

像我一样

江　耶

像我一样

所有的事物经过你时

都是你生命的必然经历

它们在论证你，充实你，完善你

"你不想它，它的存在就毫无意义"

它们都是你的。我在继续劝诫：

你要摆脱的妄想是徒劳的

它们在等着，在前面或者后面

或者是故事本身，或者只是修饰的花边

像我一样，从你生命穿过

在你时光的印迹上留下标记

相由心生，听从也好，服从也罢

大河滔滔正在奔流不息

"生活的逻辑正推动着情节前进。"

顺应就是唯一的命运

是命运，与命有关的一切运行

仿佛在前世，已经做出决定

你在这个方向里走下去

它是出路，也是障碍

"高潮也许会反复显现。"
你不能厌倦，你必须坚持
作为你的一个部分

山深闻鹧鸪

邓晓燕

把夜压下来
把黑胸针取下
在它的结构里装上我们的
嘤嘤鸟鸣

靠近手心的词语
伴着泥土味
种植桑麻种植小麦种植
我们的空想敌
我们都种到月亮里去

没想到，种植到云层
电闪雷鸣。我抱着月亮就跑
雨靴掉了

你站在月亮上喊
其实
我只逃到你的背面
雨透彻地清亮

看见他雪白的衬衫泛着光
我穿过你幽深的街道
世界仍旧荒凉

取　代

扎西才让

力大无比的桑多猎人，在森林里
隐蔽下来，太阳落山时，
他误杀了突然出现的妻子
——他把她看成那只高傲的麋鹿了。

他跪在妻子的身边，
抚摸着她的肩膀，似乎只有这样，
她才能够慢慢复活，发出
上午作别时的缠绵不息的呻吟。

远处流金溢彩的高原湖边，长着羊角的
山神，看见水面浮现的画面：
另一个山女，叩响了猎人的门扉……

一盏酥油灯下，无法转世的幽魂
也目睹了自己被取代的过程。

地　铁

赵卫峰

机械运动、骨肉被动
你得认同，你也需要，深处的行进
往往，只需分泌单调的节奏感
人是最能发出意外之声的种类
而在这里，它的穿插非关季节
倘若没有另一种叫作时间的机械
你如何准确判断目前是什么时刻？
目前皆肉体，各自为政，面面相觑
即便目标相同，方向一致
那又怎样？站台虚张
像又一种机械的嘴，不由分说
与夜色合谋，把进出的身影逐个吞没
那又怎样？

返　回

芒　草

亲人的葬礼，蚂蚁在行走
一夜的蛙鸣叫醒了
芳草鲜美的童年

清风徐来，窥探蒲公英的心事
返回煮酒作客，听雨而眠
粗茶淡饭阅读，萤火虫卑微的理想

大可不必以叶蔽体，刀耕火种
只要蓝天纯净，白云柔软
便是庄生之逍遥，尚子之清旷

过 程

阿 雅

把石头开花的时刻写进去
把认出风暴的大海写进去
把遗忘和热爱的眼神写进去
把不能说的秘密的痛写进去

我在听一张白纸上沙沙的声音
那些苦着的，醒着的，走丢的
那些明亮的，朴素的，带着铁的气息的
近的远的浓的淡的

喝一口美酒吧，请继续这幸福的旅程
继续风雨
在最后一班列车呼啸而过的时候微笑
在拥抱大雪的时候也把自己抱紧
抱紧我们短暂而缓慢的一生

午睡时间

马 非

近日
每到中午
躺到床上
冲击钻的声音
就会准时响起
仿佛闹钟
每次响起
我都会想
我不去干涉
总会有他人
前去干涉的
如此这般
冲击钻之声
伴随不眠午觉
持续的时间
一晃儿
就是半个月
还没有
停下来的意思

夜之歌

王旭明

爱夜

夜是黑色的舞台

台上有鲜花

绿草

黑色的告白

台上有星星

月亮

黑色的云海

幕合幕开

变幻出许多声色精彩

人往人来

展示着无数该还是不该

爱夜

夜是黑色的舞台

台下有眼泪

掌声

黑色中的抢拍

台下有情感

灵魂

黑色中飘至门外

飘到温暖中

飘到苍穹里

飘到每一个没有光的山寨

飘到每一个没有光的云海
刚刚开始
爱夜
夜是黑色的舞台

爱夜
夜是黑色的舞台
飞入黑夜
春暖花开

雨的每一次下降都很艰难

桂　杰

是的
雨的每一次下降都很艰难
从那么高的空中跌落
没有支撑
没有目标
不知扑向青草还是岩石
也许会经历星星的颤抖
鸟儿的翅膀
还会被树枝割破喉咙
最可悲的是跌在一个肮脏处
忽然就死去
雨的每一次下降都很艰难
不敢想自己的未来

以及爱情

雨想长双翅膀

飞向那些柔软的方向

礼　物

刘　鑫

午后阳光盛大。我躲在

一棵槐树的阴影里

看青石板路上来往的

蚂蚁。丁香花已然凋萎

一只蝼蛄的尸体即将被分食

像奇迹般闪现的新鲜词语

诗句尚需缝补。三条长椅和我

空寂的留白，闯进清澈的

几声蛙鸣

不远处，蚁穴通向深幽

直击回车键命门

鸢尾花借来蝴蝶的翅翼

思想于一朵柳絮之巅

陷入短暂的静默

当我闭上眼睛

却似乎嗅到了山杏的青涩

我悲伤地爱着一切

骆 家

跟你在一起，我不用说什么
那是因为你知道
五月岭上的暴风雪吹过
山野静谧又沉默

磨掉的光，小心存放别处
雷电步履迟缓，仿佛老者
日出时你登上清凉之巅
看拔仙台黄丝带闻风舞蹈

山顶，小心垒砌的石墙石瓦
没能保住那栋唯一的小房子
可笑我山中短修行
我依然悲伤地爱着一切

道路也是需要安慰的孩子

齐宗弟

这个夜晚　道路的眼神如同可怜的蚂蚁
让我旧了的心脏坐立不安　欲坠　欲迷茫

一只蚂蚁需要经过多少锅台

才能储存一粒瘦弱的粮食

而我还在梦里画一株出土的秧苗

上帝啊　你造物　造人　唯有

把造路的机会留给一群羔羊

让一些与白云为伴的灵魂

如此灿烂与光明

我经历的所有　道路秘而不宣

必要时它总在风雨之夜

打开一盏灯　一盏让罪和魔开花

开出一颗比一颗善良的星星

午夜　我看见道路是一条弱不禁风的藤

紧紧地依附在我瘦小的筋骨之上

不知道　道路暖着我还是我暖着道路

此刻我们都是相依为命的孩子

到这般年纪　我沉重的翅膀

不再是漫无目的的一只蝴蝶了

抚摸着属于我的最后的一条道路

额头的皱纹比夜还深还辽阔

寂寥的伤痛

柳　苏

鸟鸣退出天空
阡陌被野蒿占据
最后一撮泥土脱落
犁铧生锈

风中，传出一截枯枝折断的响声
阴影爬上与村子厮守的心
越老的岁月担心越多，一阵
难以按捺的惶惑

用热情播下高粱
长出硬邦邦的石头
他开始怀疑那句古谚：
种瓜得瓜，种豆得豆

找到那把锁

马维驹

孩子捡到一把钥匙
绿锈之下，有着黄铜的沧桑和冰凉

他知道，一定有把锁，等着它
他知道，没有钥匙的锁，也会生锈

孩子是单纯的，单纯到见到锁，就想试试
就像为一个迷路的孩子找到家门

我的一位同事，他的岳母多次走失
每一次，都会被人捡到
比这把钥匙幸运的是，捡到的人
总能帮她找到那把锁

山

白　月

到了可能断想的下午
你有些无能
从内到外生长，自然是感觉：
有从不流淌的河
不能解决的渴望
不攀上去

你是来安慰万物的。你不要动。

德令哈的清晨

祁　人

德令哈的清晨
在海拔三千米的高度上醒来
看不见雾霾的踪影
只有清新的微风拂面
伴我或快或慢的脚步

云朵飘移的天空
昨夜里布满了星星
一颗流星曾经划过
照亮一位名叫海子的诗人

清晨的巴音河碧波荡漾
水面还倒映着昨夜的霓虹
海子酒店、海子酒馆
海子陈列馆……以及
一些大大小小路过的诗人
如散落在河畔的星辰

德令哈的清晨
在这世界最后的入口
诗歌是最早醒来的神

在雅安河北派出所

孙梓文

河北。派出所名
名字有点大。其实就是在河的北面的意思
跟老百姓取个大娃二娃一样
没有盗取之意
谦虚一点，对面就不叫河南了
分个东西就好
话说回来，再大，也不过一个派出所
做的事，也不大
家长里短，邻里纠纷
柴米油盐，普普通通
就像青衣江水，从每一个家门前流过

叫　魂

徐汉洲

我小时候很容易丢魂
丢了就上不了学
丢了就吃不下饭
丢了就发高烧
说胡话做噩梦

觉得自己像只猴子
上天入地到处乱窜

我母亲很老练
因为她有自己的方法
收工回家
做好晚饭
她拿出小米斗
装一些白晶晶的大米
抓一小撮茶叶
跟大米搅拌一下
然后带着我妹妹出门

她走到我家南侧的旷野处
开始大声呼喊我的名字
喊一句名字"汉洲哦……"
喊一句
"在哪里玩丢了早点回来啊"
或者
"神灵保佑你平平安安回家啊"
喊一句撒一把茶叶米
我妹妹则尖声尖气附和着
"回来了"
"回来了"

不知道什么原因
我每次听到母亲的呼喊
我都会不断流泪
很多泪水止都止不住
我也会学着妹妹的话
悄悄说"回来了"

我母亲一路丢着茶叶米
一路喊着我的名字回家

跨进门槛前
还要转身朝外再喊三遍
然后走到我床前
把一把剩余的茶叶米轻轻揉到我头上
"回来了"

洪水来时

幽林石子

洪水来时
我要和你说一小会儿话
水势太猛
洪峰里有白骨的凄凉
你的话风平浪静
我就可以转危为安
我就可以倚在你蓝色的胸脯上
看深情的海岸线
漫过我的恐慌
托起宁静的太阳

听你说话，我已不再害怕
那边有浊浪淹没村庄与良田
淹没幸福人生

我只要在你的微波里

我们一直小声说话

我庆幸我可以

一直和你说话了

我们的海

一直风平浪静

和你说着说着

鱼儿晃动海底的诗篇

和你说着说着

海燕叼走了灰色的暗礁

我就在你的海里

我就在你清澈的胸脯上

忘记人世的浊流

清水白菜

九　荒

这个秋天，一个人坐在井边

不停地清洗白菜

铁桶潜入老井，一根拉直的绳子

已变成洗涤过的目光

每一斤清水都是一种深度

每一次洗涤，都是一种境界

那些洗过澡的乌鸦，像鸽子一样注视我

它们深沉忧郁的眼神

多么希望提上来的水

能把井下的黑，上升到飞翔的高度

而我多么希望，清洗过的白菜

比水还要白

驼背老人

冯桢炯

老人天生驼背

从未影响乡下的农活

自从跟儿子进城

周围的人都活得讲究

自己也想挺直腰板过日子

愿望一直无法实现

直到合上眼睛离世

回乡下出殡的那天

亲人们才见到他

直着腰杆躺在棺木里

听 风

朝 颜

风过长江，山河渐渐冰凉
在黑暗里飞
一朵云和一万朵云有什么区别
一种谬误和一千种谬误有什么区别

我在空中练习飞翔
却听见江水一直呜咽
总有那么一个人
为旧年的涛声流下泪来
总有那么一次，将他乡认作故乡

山峦那么近，那么远
看不见草尖上的花朵
只有一只大鸟在低低地轰鸣
心中刮过大风的人
可以吞下最鲜美的谎言
也可以原谅这世上所有的不堪

这个夜晚，如果我奔跑起来
是否有一阵风
带我追上这一个季节的新绿
是否有一双手，替我抓住
超越肉身的灵魂

回　响

安　然

会有香槟，会有芭蕾舞，会有
缺席，小火车会开进村庄
月亮会爬上屋顶
会有《圣经》、祷告，彝族人用
彝族语演讲，阿訇会主持教务
会有冲突，会有接踵而至的矛盾
维苏威的火山会喷发
圣托里尼的海岛会涨潮
会有喧嚣，会有火焰、美不胜收
和无可奉告的秘密
会有一场晚宴，我会在北美的
电车上发来问候，在码头等邮轮靠岸
会有丁香、星光和舞蹈，会有
"生活的闪电背负着你"

超现实的雪

夏海涛

善良的　能够嗅出雪的味道的人
会在大雪跌落的瞬间

泪眼滂沱

是雪　让我们手掌合拢
一粒一粒的雪团结起来
拥抱温暖　融化的水足以点燃冬天

洁白透过沉重的寒冷
那些雪　那些适时飘下的雪
像希望一样在想象的画布上挥洒
而我们多么想扎进雪里
把我们自己变成　纯粹的白

而雪是有硬度的
当你舔舐那灼烫的雪花时
是钢的痛苦　让舌尖变得麻木

你行走坐卧　在雪上
无论你的践踏如何　其实雪一直在你上面
雪高于现实

苦的血

招小波

我的血液太苦涩
一直得不到蚊的垂青
近日

不知何故

从不理我的蚊子

突然咬起我来

令我感到惊喜

傲　慢

文佳君

我傲慢地告诉她：这就是都江堰

我的家乡，还如她广阔的童年

山林葳蕤，草木丛生

两株珙桐在路边普通地生长

三五只蝈蝈的鸣叫也有交响的效果

风轻日暖时，岷江的水还正瓦凉瓦凉

我最为傲慢的是在夏日里

诗人把爱妻托付给我

我会漫无目的地带着美人

游走在故乡的大地之上

并无比傲慢地向诗人讲起这些

父亲出来了

伍岳渠

在殡仪馆
我的悲伤尚未结束
父亲就出来了
只见他整个身体
被安放在一个骨灰瓮里
一张卡片上面
写着他的名字和地址
除此之外
什么都没有了

床

郑德宏

我的床漂浮在海上。
我的情欲与梦想在我的床上喘息。
就像海浪的低吼。
就像落日被吃进大海时的
挣扎与绝望。
周围有贪婪的光。
有母鲨出没。

而我是鲸。

我把爱或者敌人温柔地

杀死在床上。

有时候，我潜入海底冷眼打量世界。

有时候，有人从枕边偷走我的鳍。

看这世间的遗物

樵　夫

钟声响起，上一秒钟已死

活着的，如我，一部分已经死去

森林落满松针，那些微小的遗体

曾经精彩地活过，它们用血色

覆盖住下一秒的死亡

我们都是这尘世的遗物

就像那洞开的树，以及身后的森林

那些轮回里的茂盛，以及深入地下的爱

正收起脚步，静默

水声清响，像古琴用弦割开时光

琴声如安魂曲，抚摸万物

时间会把我从一个地方

搬到另一地方，我会隐入某个窗口

遥望另一个窗口里的人，看她笑着隐进暮色

那些绕着森林飞翔的鸟群，翅膀上沾满黄昏的雨雾

鸟鸣，像逝去的河流，一路向东

树木丛生，华盖四野，举向天空的尖梢
像墓碑，林立。被死亡掏空的年轮
张开嘴，黑洞洞的，想说出
神灵留给这个世界的遗言

冷　暖

古　冈

出地铁站，潮湿，带棕榈
散淡的南方味。热的毛孔。

遇着冷的街气，
打烊店铺铸的环形锁。

上班不是自己的身，
莫名、厌倦的套话。

钱和糊口，
使得休假成了自欺。

割了脐带的痛，
绕紧儒家的器官。

与母书

风 言

雾霭竖起栏栅的衣领。落日
在敲我的头
妈妈，冬日的家书是一壶烧不开的水

写你额上褶伏的四季。像陈年的灯
——如写炉膛的灰，直扑你的眼睛
写你眼中的暖
在人间，只有你是银色的——
妈妈，风中落叶带链而歌

生活多像一根缓冲的刺
总有一些崩落的词，令我尴尬，惊悸
捉襟见肘
妈妈哟，这命运多舛的暮晚
我灰心地爱着
如写阳光余晖的泡沫

十六岁的自尊心

霍小智

那时我们也是单纯的
好孩子白天用彩色水笔
记录课堂笔记夜晚登上
教学楼顶互相点一支
红金龙彼此看穿对方
压在心底的欲念那是在
十六岁有着最固执的
自尊心的年纪没有人可以
阻止我们跪下来没有人
可以干涉我们选择何时
跪下来也没有人可以
决定我们跪在
谁的脚下

风的行迹

恩克哈达

风呀风,我让她驰向拴马桩
而她却牵着拴马桩回来了
原来,马儿跑了,她没追赶上

风呀风，我让她奔向敖包
她却背着敖包回来了
原来，她没有找到敖包的家园

风呀风，我让她奔向四方
她却捡了一颗石头，孤独地回来了
原来，巴掌那么大的故乡也消失了

风呀风，我希望她向我跑过来
她从我的身体中间，空洞地穿过
原来，赤裸裸的我，一无所有！

海南儋州的东坡书院，主客问答

洪　烛

"还有比乌纱帽更好的帽子吗？"
"斗笠。"
"还有比官靴更好的鞋子吗？"
"木屐。"
"还有比东坡肉更好的下酒菜吗？"
"烤生蚝不用加盐。有海水做调料。"
"还有比王母娘娘的蟠桃更诱人的水果吗？"
"日啖荔枝三百颗，不辞长作岭南人。"
"什么叫天涯？"
"离皇帝最远的地方。"

"什么叫海角？"

"离自己最近的地方。"

"在天涯海角，你会想家吗？"

"这就是我的家啊。以前一直在想
现在终于找到了。"

"你在杭州留下苏堤，在儋州会留下什么？"

"留一座露天的书院吧。每一串脚印
都可以当成书来读。

你读到的，是别处没有的：
一个赤脚的东坡、赤膊的东坡、赤子的东坡……"

给周敦颐

汤松波

濂溪先生
我是从你老家月岩过来的人
途经潇贺古道，追逐你的身影
一路蹒跚来到桂岭的

我不是过客
不想染着一身尘埃，与你擦肩
我看到你了，先生
在缄默不语的桂岭衙府，在莲塘以西
雨雾朦胧的早晨
你背负尘世伤感的凉意，仗剑起舞
剑指的方向，漂染夏天的气息

莲花冒雨次第开放

莲叶下竖立的骨节，一根根中通外直

如你的性格，除了辽阔，没有叹息

莲花的肤色，自有惊人的美艳

那绝对不是风中摇曳的童话

但又有谁知道

其美艳的内心，就是

人民不断崇尚的谦卑与雅洁

我知道，人世间的山山水水

是不可以用来交换的

除了敬仰无法攀越的高度

我也想像你一样，先生

——一生爱莲，相看两不厌

春天和酒杯

大　枪

这是两种不同质地的形体

一个盛着色彩，一个盛着浆液

它们被人类把玩着

当然，同时也把玩着人类

作为两种盛放私欲的媒介

像一张报纸的一生，被迅速注满

又被迅速淘空，直到失去话语权

最终，它们被安葬在一篇课文里
叠成淘空身体的方块字
每当人类的孩子们读到这里
它们会因为绿色的缺失而脸红

很多时候，人类就像一群
居住在春天和酒杯里的守灵人

祭　祀

王　垄

活了半世纪
碰到过谁
活了半世纪
认识过谁
活了半世纪
爱上过谁

关于来世的问责
祖先和菩萨
都能听见

不仅仅是折断

熊衍东

如果后退的频率小一点
腿不被命运事先设置的障碍绊倒
就没有咔嚓一声惊叫

一棵老树
被一场一场风暴摧折、一次一次雷击
一颗一颗岁月残酷子弹的横扫
剩下空洞的树心、不堪重负的枝条
无精打采的叶

折断的不仅仅是一棵老树
一个乡村老人，就在这咔嚓声里
拄着举步维艰的拐杖
在夕阳下挪动缓慢的日子

浇花记

不　亦

当它开始枯萎，我才意识到真实
从光线中选择了暗影，长出锈斑，

轻轻一吹，风声沾满虚空，来去。

心中仍有意念勃发，珐琅红与
象牙白，围一座城，进出皆仙客
匆忙如意外，小茎脉抽出大道理。

叶未落如勒缰四望，目光卷起射程：
天空归零，没有数字和哲学飘浮，
唯有人造鸟飞过，在脑泥留痕

却无计问雨。我想壮士断臂也如此
不过如此：死神之吻见初心，默念
甘霖经继续死亡之旅，不悲不喜。

南岳夜雨

陈群洲

夜的海，深不可测。可是它究竟有多深
不断爬升的七十二峰，始终没有浮出水面
风，缓缓吹过尘世。方广寺的晚钟里
与世无争的菩萨们陆续抵达了梦界
秋天如此辽阔。群星在高处闪耀
一条又一条河流，泛着岁月的光芒
它们的流向会属于传说。这样的夜晚
大张旗鼓的一场雨，最后一刻突然止息了脚步
蝉鸣和竹林愈来愈远了，酣睡的衡山
已经神仙附体，不忍打扰

正确的路

金黄的老虎

这是五月，荒山中独行
像是明媚风格的歌唱家
突然亮出忧伤的喉嗓
她唱：你于我的人生乃是阴影
顿时有狂飙刮过山壑

这是静寂的下午
太阳照得天地光光明明
风吹着坡上的草木低低伏伏

"你不要写下这一刻
这一刻岂容旁人感知和窥视"

叙事让人悲伤

横

光线像嫩芹菜。穿过
隧道。有点。极速的。接近
暗黑的。顶部。
在背后光。

线。
在收拢。
一块
新鲜的
生马铃薯
薄片。带着水分
的湿气
和
润泽。

烧五七

蒋兴刚

……

站在天地之间，站在白茫茫的镜子里
奶奶正一点点消融
消融成一堆灰
尘埃落尽。这堆灰再也烧不起来了

像我见证了一个人一生的苍老、衰败
多么干净
像一个人在喧嚣之后保持长时间的沉默
保持虚无的浅灰——

女入殓师

莫卧儿

她入世，用天平精确称量
炼狱炽热与人间冰冷
调试好比例
分配给轮回线上的
痴男怨女

她有一副出世的好胃口
站在悬崖边缘
吞咽大面积的寂静与昏厥
不反刍小片泪水
只在某次手术
从体内取出过带咬痕的结石

据说经过上乘裁缝术
散落的心跳与四肢再度聚合
不会像大陆板块撞击后
一般难以相容
当她用右手为你们粉饰妆容
左手必然深谙
抚平火山的技艺

夜晚寂静
爱人，你要听清
那身体内每条河流的潺潺轻响
各种奔流不息

原是为同样的源头弹奏
白昼来临
如果你偶然看见她眼波中
沉默浮游的影子
一定有灵魂于此岸寂灭
投向往生

而现世，她只打算
利用谋杀时间的空隙隐入红尘
在大街小巷倾听
时而暴烈如星尘风暴
时而轻柔如花骨朵般打开的
心跳——

没有一只鸟儿瞧得上我们

徐　庶

尽管我们把春天穿在身上，花枝楚楚
尽管我们习惯屈膝、弓腰
只比天下高枝略低一点点
甚至，我们为春风匍匐
那些被天空抛弃的鸟儿，看似无处落脚
也从不落在我们头上

植物园

张　后

植物园里有许多花

许多草

有的我认识

有的我不认识

以前我以为

我认识很多花

很多草

现在我知道了

我不认识的花和草

多过我认识的花和草

一如我不认识的人

多过我所认识的

我能够认识的

就那么几个人

几株花几棵草

我的娘像大海

海 湄

夜，像水一样
流过酒杯，在生的道路上，醉与醒
消耗着同样的时光
我醉了喜欢喊娘
我不喊娘喊谁，我习惯喊娘

娘的臂弯，娘的病，娘给我做的桃核枕头
才真的是上天赐予我的
当我想变成大海
发现大海真的很苦
像我娘一样苦，而我挣脱苦海
是为了有娘可喊，有苦，可以与娘分享

尤 物

宫白云

苹果的香气透过来
春天省略了颜色
俯身的女巫，大雪后的荒原
珍珠般的光线

补充你

溺水者在银屏前泅渡
那沟壑的跋涉
黑暗的绿，永别的爱

再来一次，莫妮卡
为一块画布，为溪水奔流

高粱茬儿

段光安

静穆
收割后的高粱地
干硬的根
支撑着剩余的身躯
在凛冽的风中
站立
锋利的梗
执着地望着天际
大雁远去

回忆有一张悲伤的面孔

芦苇岸

一棵树，回忆她自身
一定在落花时节，燕啄新泥飞走

树的前世，在山那边
一阵风，吹她家的祖坟，吹故人
把她的思念吹成此刻

新叶初长成，筋骨还很柔嫩
雨水顺着叶脉的泪痕
在下垂的叶尖上，积聚成悲伤之河

饱满、晶莹，吐纳默守的时间
情感在解冻，肺腑透明

树下独坐的人，被鸟叫声浸染
落花流水；一条欢快的小路
蜿蜒地绿……坚韧向远的决心

其　实

胡　晟

我怕打开你塞给我的小手绢
因为你说过
里面包着两只蝴蝶

那天你要走
又塞给我一只衣角
叫我牵着

其实风很大
你的连衣裙挡住了我的视线
我抓住的
是你的手

其实也不是手
是一片桑叶
是叶子上的一条蚕，在一拱一拱
寻找她的春天

三英战吕布

张成德

……兄弟，这壶温酒留着
就当小件寄存了

西风挤压内的钢板
热血的缩骨之法
有了它喷薄的水龙头

到了，改写它的温度
到了，与那木人之桩对决时候

终日同文字厮杀
不该是虚构内卧槽马
一个弓卒手概念
更是那佩剑的将军

更是那踩在红线上射出万支没羽之箭

如果一双蚕眉卧仅仅停留紫檀花床
非泰山之重
非鸿毛之轻

毫毛受难时刻
利刃斩断体毛时间

天下的文章以N次开方

一个胆的可贵之处是方天画戟奔来缰绳

——放马来，三通鸣鼓关前
——放马来，遍地罗雀可数的黄罗伞盖

要让流水倒着数
须眉更要当腰带
自古的打斗
有几人能战成三缺一牌

量子纠缠

徐　厌

娘94岁了，耳背
傲娇得不理人
夏荫冬阳
她只一根竹杖
与天地对话
科学家报告
人类迄今发现了百分之五的物质
我感觉
我从四千里外的异乡感觉
江苏老娘是属于剩下的
百分之九十五的

向那高远而又在身边的天空致敬
—— 癸未日中午，与蝈蝈重游杜公祠

武靖东

白云永远不会是废墟，只要有人的心灵
在其中居住。太阳的光柱，插入飞龙峡，一如
耻辱柱，它啊，像探险一样探测到的是——唐朝
和今世同有的苦难，它会把罪恶钉在杜公祠
对面的石崖上，让他拷问、清理，让碑文刻录，

而白云，古往今来，在生死之间缓缓循环，
好似我体内跨界的气穴，或随时收治病人的医院。

丁忧三年
大　草

父亲坟前
磕过头烧完纸钱
我去了后山
在山里走着
一间一间农舍
看过去
看哪间空着

可以出租

我想住下来

陪陪父亲

读读书

丁忧三年

我忽然觉得

不是现在的

什么都好

马德里千斤重的阳光

秦　菲

马德里的阳光

刺眼

火辣辣

咄咄逼人

然而明媚

马德里的阳光有千斤重

是你在我心里的分量

我时常在思念

我思念你在马德里留学与生活时候的那些春梦

如果它们还在

我要光着腿

披散着亚麻色的长波浪卷发

穿波西米亚大裙子跑进去

鱼

张　战

大青鱼、麻鲢、草鱼
油叨子、翘白、针嘴鱼

渔网在哪里罩落
鱼就会在哪里

一种鱼叫半边屎
脊下有一道蓝弧光
圆肚子软得像水豆腐
轻轻一挤
身子去了大半
三三妈一挤一丢
一会儿就是一大桶
晒干冬天炒辣椒吃

五月吃银鱼
瓷勺子舀起来
皓皓之白如月光

七月从六门闸买两条大青鱼
我和哥哥用竹扁担抬回家
湿麻绳儿打一个死死的结
鱼嘴穿进去，鱼鳃穿出来
再从另一边鱼鳃穿进去
鱼嘴里绕出来

我八岁，哥哥十岁

我在前，哥哥在后

扁担下悬着两条鱼

傍晚了

青鱼脊背和天色一样了

青鱼拼命跳着舞

尾巴啪啪打我的背

我的背上有闪电的痛

我的同学周炳言

这个夏天淹死在洞庭湖

后来他睡在门板上

他妈妈光着脚在湖边喊

"我的儿

梳梳你的头

转转你的眼睛"

鱼后来就安静了

我们都隐没到夜色里

路边的一块石头

梦天岚

它在等一个人，一个奔逃者，

等他喘不过气来的惊慌，等他身后追赶者的叫嚣，等他在濒临绝境时看到一线生机。

他迟迟没有来。
只要这条路还在，它就会一直等下去。

它不关心马蹄，对老掉牙的车轮也反应冷淡。
它还讨厌那个形容委琐的男人，讨厌将它踢飞的那只脚，
为此它在草丛里生不如死，一晃就是好多年。
不久前，一个妇人曾试图用它填补灶台的缺口，
端详再三又将它丢弃路边。它虚惊一场。

它要等的那个人还没有来。
它等啊等啊，等着救他一条性命。

它要等的那个人还没有出生。

那首未写的诗

张建新

白鹭在迟疑中停了下来，
早晨清亮，
光亮在幽暗处闪动、破碎
传递了过来，
我知道，这一刻
有东西来找我，它敲打
或者抚摸，

那些裂痕会不会让它

不那么信任我？

我兴奋又沮丧，

但说不出更多的话来挽留它们，

在永固村，在田野，

在探照灯无法触及之处

时时会有这种感受，

它会迅速溜走，蛇一般敏捷，

我常常在夜晚开灯又关灯

记下它的影子，

而更多时候，我都呆立在那，

那是哪里？我也不知道，

似乎是在和我捉迷藏，

哦，我似乎抓住了它，

但这"似乎"后面涌出了大片

未知原野，留给

渐渐陷入黑暗里的自己

仓库乐园

李美贞

站在楼顶眺望对街的

仓库大院

那是埋葬我童年欢笑的

秘密乐园

一群孩子嬉闹着爬上小楼
马尾辫姑娘纵身跳下去
毫发未伤
胜负欲驱使着其他人
不甘示弱地前赴后继

只剩穿白衫的姑娘
如临深渊地反复试探
最终以蒲公英般的
轻盈姿态
降落在草垛上

疯狂之后
白衫姑娘独自走进仓库
捧着鸡蛋走出来
笑着对我说
仓库里有一只鸡
每天都会下一个鸡蛋
你要吗

明月何时散记

弥赛亚

那远方的跷跷板，托起两颗行星，
维系着命定的平衡。
摩天轮上空的月亮，吸收了人的温度，

满足得像一头大象。

在滑梯旁，残荷摇晃碎银般的月光。

它们盈缺相补，互为缠绕之物。

你看我骑在旋转木马上，永远绕行，

永远与它遥遥呼应。

愿乌托邦式的影子，搭起黑夜的帐篷。

愿明月早日散去，重现晦暗的游乐场。

三条腿的月亮

林忠成

三条腿的月亮爬进窗　找另一条腿

人世太深了　一旦进入难以返归

石头里有个男人抱团而眠　你看不见

一滴露珠是怎么转化成一匹马的

一匹突然出现在面前的马

让你后半生惊慌失措

给每滴露珠装上翅膀

给失恋少女的梦装上一扇窗

"我为什么也是三条腿？"

一只甲虫在玻璃上急着投胎

在桃林装了一杯血回来

夜晚　鹅卵石尖叫着

尖锐的性格慢慢被磨平
孕妇对推车的丈夫说
　"如果生了三条腿的，你一定
得罪了甲虫。"

三条腿的月亮爬不进来
把窗框锯掉
把一群马赶到少女梦里吃草

华北平原

普　元

我们看见的坟墓
其实是有限的
死去的人远不止这么多
有些人死了没有坟墓
有些坟墓过些年
还会再死一次

生命中总有一条无形的绳子

楚中剑

一切来自大自然的
是光，是暖，是微笑
一切你所说的
和你想做的
我们相信，都是对的

感情这东西
本来就是个奇怪的东西
生命中
总有一条无形的绳子
牵引着我们
一步一步往前走

没有立场
就是立场
大自然面前我们都是棋子
云上的日子
都是飘的
所以，其实
那么
你那点风光关我什么事

光 斑

仲诗文

我的小马驹是白色的，每天
它都要跳进光里，到外面跑一圈儿

再回来，啃那安静的小树丛
小马驹背上的鸟儿是蓝色的，我没有想过要得到它

我自个的鸟儿有点儿灰，像个流鼻涕的
傻孩子，专注着老蚂蚱沮丧的样子

我的脚指甲太长了
我的小黑羊，它跟着我

我头昏脑涨
我的小黑羊，它要跟着我

我那个爱吃肉爱饮酒的朋友要来了
我的小黑羊，它要跟着我，　跟着我，跟着我

小马驹还是快乐的样子
山坡还是寂静的样子

割　草

遁痕之笙

我亲爱的朋友
我喜欢听你谈及你的热爱

携着一缕青春
娓娓道来

我说
风里还有青草的味道

你说
紧握时空之外的镰刀

割草、割草

三月的风
此刻刚好

猩猩知我心

杨章池

好吧竹笋
好吧，甘薯
好吧核桃跟香蕉
猩猩用手背捶打铁门，用
巨大声响和不屑的余光
驱赶饲养员：
喇叭里的大嗓门吵了午觉。
它简直是个孩子，令他发笑

在一百层目光后我加入接力的窘迫：
它左闪右闪闪不出视网
它东荡西荡荡不出所以然
它蹲在高空秋千，拉出大坨
人一样的粪便。
是的我们已经进化得面目全非而它
悲凉的眼眶里还有某些令人生畏的
祖宗的东西

土 炮

吴　晓

在南方

人们习惯把自酿的米酒叫土炮

有的土炮五十度

更多的土炮六十度

低于五十度的不能叫土炮

只能称之为普通米酒

土炮是酒中之酒

在南方，在客家原乡

土炮是最常见的待客上品

古老的酿制方法延续着一个家族的基因

在南方，在河源连平

或者梅州平远

或者惠州的马安

土炮都有一共同个性

你以敬重之心喝土炮

无论多少你都不会醉

我曾在普洱的故乡云南勐海

在湖北恩施深山老林土家人的老屋

在古城西安

喝到同样类似的酒

甘醇厚道，六十度的标配

无论怎么喝

民歌都在你眼前飞

你清醒无比
恰似回到温柔故乡

生命起源

木　乔

"地球上，
所有参与生命构建的氨基酸，
都是向左旋转的。"

我把这一类有机化合物
当作本。当作末。当作鸡翅膀
当作经，雏燕雨中飞。当作纬，烟岚湖畔生

当作爷爷辫梢上拴的毛线红头绳
一九七三年，石匠在他的墓碑上刻好碑文后
提来一桶桶井水反反复复冲洗

栗红的狐狸

张 杰

带6岁的张嘉佑去看熊猫
我看到了幼年的栗红色
那是我的狐狸
它远去在时间里　但它无处不在
一切动物对我都不是具体的动物
都是狐狸
它陪伴过我的童年
以别物的形式对我显现

我目睹过弟弟
也正目睹侄儿张嘉佑的童年
但我无法目睹我自己的
小孩子眼神明亮，心神混沌
词语新鲜。用干净的心
在庭院里嬉戏，玩耍，犹如跳舞。

论闲置美

师力斌

我没到过的春天特别多

想象中的仙，每走一步人生

脚印里都留下一泓池塘

大地的眼睛从不期盼

它睁得大大的，孩童一般

去年在芦芽山等你的一朵小花

已经三百岁，穿蒲公英样绿坎肩

长幼儿园小朋友的花瓣子

看着深不可测的悬崖呵呵笑呢

我拍下了它的笑容，像拍下所有初心

直到现在，京城春暖花开

几架五十年代的飞机

在北航的操场上晾晒翅膀

就像这几天，开始松软的土地

准备接纳将来凋谢的树林

对岸的钟声

龚学明

宁静的土地，至清的河水
稀疏的钟声像暗物质
浮到光亮的对岸

我只愿行走在熟悉的河畔
就像在抚摸欢爱之人的肚皮
（我们曾多少次盲入陌生的内部
被事物的鳞片扎中）

向上拉起头发
就以为抵达高度
委屈时不敢放声哭泣
而以软弱孤独的愤怒

我们曾为叶落深忧
现在陷入盼望新叶吐出的漫长等待

没有寺庙的对岸
传来敲击中的木鱼
时急时缓
一旦细听
声息全无

湖岛迟暮

罗鹿鸣

岛屿搂住一片晚霞和衣而睡
碧波与青苇分列在两边
缠上一道又一道涟漪的绷带
免得伤口被海鸥窥探

岛的疼痛时光感觉不到
望闻问切也诊不出岛的内伤
将一阵阵的抽搐当成波浪
还称赞是戈壁风的神来之笔

天空烧完最后一块木料
像一只铁锅倒扣过来
煮着这座动荡不安的高原
如煎熬一块黑色金属

高旻寺

卞云飞

它是古运河水要去的地方。
它是我旧病复发，要去的地方。

那里水在水里打旋，僧尼的炊烟

漫过尘世。

那里有一只渡船长年累月渡人，

此刻，我正被它渡。

只要静一静，就会听见

九级佛塔上风铃声此起彼伏，

就想放下屠刀，就想卸去铠甲，

——就想一个人哭。

往　事

寒　冰

往事落在思想上

就是一道伤口

一道抹不去的血迹

推移的时间轴

舔舐内心的总是忽明忽暗

跑过心灵的赤狐

它要被怎样的枪口关怀

寂寞的夜里

往事在黑暗里跳跃

仿若一只蝶

抬抬头

又消失在疲惫的双眼里

往事无法占有

诠释过去的人

在看不见的飘动中

招惹一种烫伤

猝然而深

崔志刚

最深的水底　不在江河湖海

最高的山顶　不见巅峰层云

最好的探看　拒绝青鸟的殷勤

最真的呵护　不是无限的靠近

如果心线能够循出踪迹

遍洒穹宇的光华在混沌中显现

创世的名册里早该简单地备好索引

可是　不是意愿和努力就会自然做到

把所有的过往将来

都美化在春光灿烂里

美丽的诺言造就陌生的接近

呼啸着追赶　猝然而深

无由之来　来不可分

平地惊雷　回荡起相携相亲

若是想要被关照灵魂

必须要能够达到灵魂的共振

是彼此称量命数之后的惺惺相惜
是自由飘荡相遇结下的心心相印

高贵之心　温柔的身躯　骄傲的眼神
像王者的天颜照耀在晴空
如刺入骨髓的密码刻满在夜深
极致的同步　步步随心
无关乎亲情　无关于良心
没有出身之界定　无有离合之缘分
甚至无关于爱恋　无关乎责任

落　日

罗广才

这么多年我总像一张软纸
模糊不清又层层叠叠
浓稠的牧歌飘远如丝如酥
云杉喑哑落日斑驳
这样的高清屏保
点燃和熄灭了我们的目光有许多年了
我这里也有足够多的短暂的落下
长久的沦陷和微弱的渔火

落日是大地的红眼病？
落日是天空的白内障？
不，这些都是我浅薄的述说

落日，是我病逝多年的父亲

我的来处有影

落日，是我86岁高龄的母亲

我的去处无踪

落日，是16岁的丫头对我的怨恨

不知是明年还是后年才能化解或依然如故

落日，是我身边这位爱穿红衣的女子，

我怕她离开所以总是在梦中醒来

看床边的她在还是不在

观庐山瀑布

王爱红

像一位干巴老头的山羊胡

时光从这里开始

倒流了大约一千三百年

从天上到地下

从现在到唐朝，应该有三千尺

这不是夸张，这是大好山河的底色

画过《万山红遍》，画过《黄山烟霞图》

也画过《井冈山》的李可染先生

一定画过庐山风光。现在，我证实

庐山瀑布是可染先生画出来的

它与所有的瀑布一样都是小孩撒尿

想象中，它一泻千里
应该具有傅抱石的风格呀

先生是精确的，笔法总是颤颤巍巍
看上去似乎要折断，但是
藕断丝连。有人称之为老辣
有人还在捻须。有人长吁短叹
有人就是一滴水，不，是一颗星星
从天上到地下，失落的心情
滑落了不止三千尺呀
终于打开一把天大的伞
我虽然没有找到香炉
普天下的一炷香却格外灼目

山顶洞

周占林

没有一朵花为你歌唱
那青青的石头
漂泊万年
故乡的影子早已被风
吹散，曾经的荣光
被一根骨针刺穿

石做的器皿远比现在高级
我们的陶瓷

历经千年，精致无比
只是轻轻一碰
便会碎为一地心伤
缺少了坚硬
人的腰便再也直不起来

风声不变，洞口的石头依旧
苍莽如斯
什么都不需要改变
万年之后，山顶洞仍然
挺立于此，宠辱不惊

小花蔓泽兰

江湖海

通常叫薇甘菊
名不起眼
菊科多年生草本植物
平滑多柔毛
花开得细细白白的
一点不招摇
它亲近大树小树
贴手贴心
整个儿交出自己的身体
不动声色
一分钟长出一英里

这小甜心

你发现它有害的时候

它已经

缠死一整座森林

月下夜归人

解

一些宋人在月陂亭歇脚后

打驿道徒步经过步瀛桥

他们月下步子懒散，不急不缓

有说有笑，讲了些什么

我们完全听不清

后来，元人、明人和清人

陆续经过步瀛桥

月下不急不缓，有说有笑

同样我们完全听不清

打手电的夜归人

你照亮归途，照亮步瀛桥桥面

你想在古桥上喘息和停顿

还想顺便照一照谢沐河

看看淌水的清脆，游鱼，看看

雄雌二水如何合谋，看看它的流向

月下的你，有些疲惫和沮丧

有些囊中羞涩，你的灵魂

先于步伐经过了步瀛桥

你若不打手电，南槽门不会开
绕到昂山，北槽门也不会向你开

君　山
陈　颉

一串珍珠，披挂在湖水头顶，君山安逸
洞庭，烟雨迷蒙千年，浸润多少月色

二妃墓，黑色的悲恸，斑竹无语，我也不敢惊动
当然，我闭口不言的，还有这里秋色突然的辽阔

君山，摆放在洞庭上的磨盘，湖水拍打的清音
灵魂的阶梯，心随一滴静美飘动起来，而后回到肩头

我的人间
瓦　刀

我确信人间之外还有人间
那些灾难中屡屡失踪的人
那些突然就杳无音讯的人

肯定在人间之外

又组建了新的人间

不可言说的含蓄年代

我更热衷于自成人间

一个人的人间多么和谐

我自说自话，所有言论

不会作为呈堂证供

我短暂的沉默

就是与众多人间的一次冷战

黄昏的颜色

罗　晖

事实上　整个晚秋

我都没有在意黄昏的颜色

我的体内有一种焦灼在蔓延

我害怕黄昏的到来

这意味着黑暗无边

会把光亮撕成碎片

罪恶就会滋长

黄昏终于来临

暗淡的颜色越来越深

透露出一种不安

许多事物变得模糊不清

甚至消失

在这个暮晚
我的背影却开始形成
孤独　安详　默默无闻

睁开眼睛
却也孤掌难鸣
黑暗的颜色在加重
但我的心境安静下来
除了思念　爱慕
就是躲在门后
把逼近我的危险驱散

疏　离

亚　楠

虚拟中，火车脱轨的
消息被隐藏
灌木丛延伸到谷底。像蚂蟥
在体内迅速膨胀

这玩意儿疏密有致
倾心花朵？抑或在表面上
进入大逃亡

一把弓的倒影突显
锯木厂，瘾君子的天堂

缀满黑色浆果

存在感缘于疏离
之后的疼痛。在大幕开启前
所有困惑都来自想象
中的绝缘体

像命运。打开的那部分
就是白鹅的领地

晨　露

张海梅

是一种占有
还是一种遗漏

一滴就足够
让万物露出纯洁和笑脸
让美梦成真的人感谢黑暗

和我一起晶莹剔透吧
在冰封的河川
在挥手告别的车站

不断侵袭的冷
在草尖上无力地颤抖

探花别传

熊国太

有宋以降，庐陵古郡的状元和榜眼

成群结队，连夜飞奔在

江南西道与京城之间。而老三探花

不知何故莫名失踪，下落不明

直到道光年间，皖南西递的一片石刻

道破了天机——"做退一步想"

我这才半明半白：排位第三个揭皇榜的人

有，聊胜于无；无，尚可幸免

新南威尔大学

游　华

所有学生再聚力

也背不走学校里藏书

那只好背负光阴守夜去蚕食

经年累月拼搏

撑饱了自己

也只能望洋兴叹背起行囊去远行

学校内的语言丰富得难为了专业人士

不知如何重新划分语言种类合适

真让在校的肤色人种共同出了一道难题

辈出的各学科人才纷纷献计献策

孔老先生也发挥国际主义精神

穿越历史时空漂洋过海

办一所孔子学院，让大家饕餮

博大精深的中国文化

一切都会迎刃而解

命

张明宇

一只猫

养在高楼上

也许一辈子

都不可能遇见

一只老鼠

哪怕一只死的

青衫碑

庞贞强

赛里木湖里　有孔雀蓝
俄罗斯姑娘　有个娜斯佳
流浪的画家　心手一块战栗
除了走入爱的盲道　别无选择

马奶喝多了会醉　野花香浓郁会窒息
草原上的雨多　自然一部分　是泪
娜斯佳离开了
像流星划过　伤心的天空

他回到家乡　猝然离世
只留下　智慧的额　沉郁的眼　在画里
那一年　杉林如剑　秋叶似金　纷纷落语如诗
簇在你墓碑周遭

墓志铭这样写道：
假如　他比我好　就忘掉我
假如　他不如我　就记住我

乌 鸦

李 茶

我愿意
做乌鸦
因为
死后
可以
被自己
吃掉。

侄女骑着粉色电动车回家

邢 昊

从上班的地方大概走半小时
到达大北街批发市场
在下个十字路口向左拐
便到了车辆拥堵的英雄街
再路过乱糟糟的莲花池夜市
顺着一条漆黑的胡同走到头
就到了她租住的幸福小区

侄女把车停到楼下

搬出六七十斤重的电池
一口气提到六楼
她开门，微微喘着粗气
在门口给电池充上电
倒杯开水，边喝边开始做饭

土豆嚓嚓嚓地削掉皮
不管皮是落到垃圾桶里
挂在桶边儿
还是掉在地板上
或干脆掉到身上
她都漠不关心

圣地阳光

周庆荣

许多时候
我身处无边无际的黑暗
却不怕找到
继续黑暗下去的理由

倒是在这圣洁的高地
大片大片的阳光
这充沛的光明
让我不知所措

啜饮颂

田　人

看他啜饮泉水的姿势
他是跪着的，清晨
晨光被他的身体打碎成无以计数的碎块

他啜饮的泉水总应该被提及
世界是这个样子的
从起初女人，到被他啜饮的泉水
到傍晚、清晨

像很乱的沙子撒开
看他形单影只，万物都在黄昏里依靠
他跪着的姿势像一根树枝的荣耀

我的肉身还不够沉重

高　权

恍若轻烟入梦，醒来香已成丘
昨夜的水塘，已化作云雾
我起身沐浴，修理梦中荒芜的

脸孔。这一天怎样度过，已
不必去想。我走在清秋的街上
接受光的邀请，落叶的问候

像是危悬在，草尖上的露珠
回到大地内心，是早晚的事
我路过的人们，各怀疾苦
我迎过的日出，还没有落在
我的肩头。我还没有装下
太多粮食。没有尝遍人间草木
我的肉身，还不够沉重

萨尔图的月亮

三色堇

薄暮时分，你遇到了萨尔图的月亮
它漫过你周身的清辉
和接踵而来的捕光者的灵魂
那些美好的想象，不歇的抒情

其实，你早已放下了虚妄
尽管，你手中没有可以播放的种子
可是，　你遇到了萨尔图秋天的月亮
遇到了它的安详，着锦缎的清梦
静谧之中的意念，它们是否还在路上

城里的那个人好像多年没有见到月光了

你在读一首诗的时候

你在对影成三人的时候，在拒绝遗忘的时候

萨尔图　的月亮已悄悄爬上了中年的额头

一片雪花落下来

王文军

清晨，走在上班的路上

下了一夜的雪已经停了

天空中，突然有一片雪花落下来

整个天空就一片雪花落下来

雪花落下来

突兀地落下来。落到雪地上

听不到一丝的声音

像一个孤独行走的人

消失在孤独的人群

致陈小平教授

杨 罡

我们家不是很富

在乡下

只有三座宅院

但我们家颇有靠山

那座山叫黄龙山

如果一个吴国人

想去屈子的楚国

不用打马

有一双草鞋

一炷香的工夫

便足矣

如果你手持猎枪

因为迷恋一只

美丽的麂子

不小心翻过此山

离你的芙蓉国

就近了

诗　歌

杨　邪

今天，一个向来朴素的诗人
他的诗歌
让我读出了，满嘴的甜
发黏发腻的甜
甜得我忍不住要去漱口的甜

今天，一个始终晦涩的诗人
他的诗歌
让我读出了，浅浅的简单
干干净净得
像清凉溪水中的卵石
让我忍不住要，举手致敬

象之声

第广龙

池塘边
大象像个
沉稳的老乐手

吹奏着萨克斯
山谷里
大象像个
贪玩的老男孩
跳起了伦巴

对立或决绝

孟　原

我一直在渲染
渲染成对立面
渲染成黑白
渲染成纸的燃烧
曼延的长途抵制到达
缩为水

起波澜并不能替代
摇晃
远方的
谎言比事物真实
你是我此时的信物
作为今生交换
这是可喻的面具

若是若然
杯子在玻璃的实质里

跳出来
不带水
也不要带铜铁
和土

说到此时
闪烁下坠的虹
周遭了挣扎
明亮并洁白
有矿的成分

翻过来
我是
纸的两面
决绝

弹花匠

寿州高峰

去年的那个弹花匠今年又来了
他头顶一小朵雪花
背上的弓刚好扣紧他的脊梁
在村口泛着古铜的光

弹花匠带来今年的第一场雪
弥漫中，他的衣服显得更脏

雪花罩住女人们的雀舌
也罩住二愣子择好的佳期

雪花大如席，床铺那么方，那么大
弹花匠伸手在下面摸了摸
扯出一把父母垫旧的棉絮
感受到今年寒气上蹿的强度

弹花匠的主要任务是
把生棉做成熟絮

白鹤，灰鹤

石立新

我确信它们蹁跹，涉水，间或拍动翅膀
的样子，就是仙子下凡的样子。草洲献出了脚本，
紫云英修改了舞步，晚霞荒废了想象力

鹤鸣在无法攥紧的风中升起，仿佛跨越
命运的盘旋，在井然的覆盖中，鄱阳湖囤积着
视野与秩序，仿佛心房囤积着心跳
仿佛雄伟的剧院囤积着观众席
我确信，是它们的迫降，使仙子有了
下凡的细节，被众多高贵瞬间占有的细节，
不会踩坏任何一个清晨

你都不敢让泪珠直接落下来，

吵吵嚷嚷的世界，一下子，

就闭上了嘴巴

抒情，是抒情者的伎俩，

而美，是美活着的真相，当惊讶，因为白鹤发生，

也因为灰鹤，再次发生

致　雨

健如风

楼群像山一样

公路像河一样

既然选择了城市，孩子

你要数清这山一样的楼房

你要安然地穿越河流

仿佛一条善于游泳的鱼

当有一天妈妈迷失在大山里

孩子，你要找到你的灯光

那些风吹落的孩子

朱高岭

时间里
人影和风互相拥挤
还有那些风吹落的孩子
在海平面上战栗、尖叫

我也将吹落
和太多的星子、鱼、秋天重叠在一起
和仇人或神
脸贴脸，紧挨在一起

父亲，只是转乘了通往天堂的高铁

陈惠芳

在通往天堂的路上
在90号站口
父亲安然地登上了高铁
他向我们挥了挥手
像往常一样，出差去了

悲伤与眼泪

像种子一样

播撒在父亲的身边

绵延不断的子孙

一批一批成长

寒冷的冬天，已准备了

生机勃勃的春天

父亲，只是转乘了高铁

生命，只是变换了形式

我看见这辆通往天堂的高铁

有一个窗口，标注了"检1"

父亲完成了最后一道手续

以颗粒的形式

分析了高尚、完整的一生

通往天堂的高铁，开走了

在很远的地方

父亲缓缓地睁开了慈爱的眼睛

那种光芒

幽远而深邃

他们的视线

长　蒿

他们一定看到了我

是的　发现是一种自然的存在

他们的视线　是直的
不，准确地讲
呈扇形状
像太阳的光，从水平，侧面，甚至多维的立体空间扫过来
穿透你的心脏
你的影子

当与我的视线交汇时
我并不明白
火焰，就这样燃烧起来

汪家箐

爱　松

流水经过这个地方
就停下来，它们
不浇灌土地，只浇灌这里的
姓氏，这家人唯一的房子
上面覆盖着，流水的
祖先，暗青色光斑

岩羊经过这个地方
也停下来，它们
不为觅食，只为寻找主人
这家人，唯一的老人

一袋旱烟后，如一个
影子，镶嵌进木板板墙

我们经过这个地方
不得不停下来，一片片
石板，发出声响，它召集
生灵，为远道而来的
客人，递上一根烟，敬上一盅酒
再把堂屋里的火，拨旺

还有许多，经过这个地方：
天上的流云，山中的风
地上的生息，地底的熔岩……
它们被汪家，花了一代又一代
子孙换来，却被流水
廉价地，一一带走

野蛮的孩子

马文秀

越过青涩的年龄，你如孩童
烂漫，融合在你稚嫩的音色里
初春，感恩成双喜鹊绕过屋檐
你说，怪我过分美丽，惹你一身惊慌
愿做河畔清流之上的鸳鸯
站立在废墟之上的清真寺

你的影子拉开的距离，阻断了一切欢愉

自此，你诵读的经文掩盖了我的容貌

窗外，摇曳的风景缺了我的风采

生活拐个弯来找你，掩面而泣

野蛮的孩子，割断了血脉之上的一切

忍着痛，在经文里追寻两世的吉庆

幽深岁月，你选一个路径出逃

撇弃爱情，从黑暗走向黑暗

或许，明天太阳依旧升起

请不要告别恋人，悄悄离去，就如古交。

冷暖自知

马青虹

老爷子生前总觉得冷

即使他早在青年时

就开始在身体存储白酒

即使火塘里的火焰已经裹住铜壶

即便过冬的柴火已经堆齐楼堑

他总是感觉寒冷

只在正午时才准人推着轮椅

到院坝里坐上一会儿

他总觉得很冷

除了他死的那个下午

儿女们都从远方赶回

伸手递给他一簇苍白的火苗

地铁站

粒　粒

他深陷人群中
凝视一条涌动的河
从异端闪退至半地面
以直接有力的招式
打破无声的浪潮

岛式车站：上层与下层建筑
那虚构的场景里
无数审判的眼睛游离
于极端的黑暗与光明

安德门地铁站
他站着冥想　他在这
浪潮涌动的半地下
任凭一列驶过的地铁
将意识切割

像空茫中的雪花飘落
那般无助　听命于
开往小行的广播
此时此刻　他已上车

他站着冥想　一粒
灵动之体将消失殆尽
将沉默在涌动的黑河

只有肉体的记忆

苏丰雷

只有肉体的记忆还在，宛如石头的纹路。

青年男女在玻璃门中鱼贯，门在某刻坏死。

我们在床上开始蜕衣服。你的山，鞘，时间凝定。

你说：为何迟迟不来？

哦，没有那张床，没有你。

瓶中人

马迟迟

他们相爱，在一棵槐花树下

他们的房子，临近江心的矮洲。每夜每夜

他们被寂静的灯光充满，他们穿过

卧室、厨房、客厅。以及隔着清晨的灰雾

他带她穿过，隔在他们之间的那座玻璃栈桥

遥远的回声，她的整个身子被风灌满

他的影子被什么覆盖，她听到一些声音

他在午夜起身洗手、刷牙。而他们窗户的对面

是一座巨大的雕像，像古埃及人崇拜的神祇

秋夜的江心洲，轮船从月亮上面下来

他伸手拥抱她，他的整只手填满了窗口

他们接吻，快乐而痛苦。这样直到后面他不再回来

她买回一只瓶，搁在他们窗下的檀木茶几上

瓷瓶上描绘着云纹、假山和一位仕女

朗月再次出现时，她伏在子夜的窗口唱他的歌

而瓶中有人发出了微弱的和声

永恒的黑暗在她身后的房间里无尽回旋

我的桌椅靠着窗

梁敬泽

夜深了！窗帘被夜风掀起

我以为她在窗外偷偷看我

恨不得把自己最柔的声音写进诗歌里

假装忙碌，装得精神

我朝窗外看时，月亮的眼睛也正朝着我看

大约对视五分钟，慌忙地起立掀起窗帘

只见夜里的影子摇晃一下

才发现是一棵被称为人妖的树

离我的窗户很近

诗的净化

纳 兰

我祈求一行诗可以无限地延续下去
……

你不能迫使垂钓者
丢下钓竿和雪。

就让我把句子的扩张和词语净化的技艺
用在一个人身上。

就让一行诗里的炭火
温暖另一行。

那体温计里水银的变化
多么像一首诗对灵魂的提升。

圣安寺：超度

李 冈

在这里，不能隐藏任何心事
要像刚出生的婴儿般纯洁

没有杂念，没有任何放不下
跨过山门只能表明瞬间的善念
只有跨过诵经的殿堂
才明白超度并不需要袈裟
替换一个人的灵魂
也不需要通过重生

此　刻

榆　木

2017 中国 诗歌排行榜

此刻只有黄昏。此刻只有你，我
此刻只有诗。夜色四起。此刻
黄昏退去。此刻，你我退去
此刻，只有诗。未曾退去
——它是夜色里，亮起的路灯

马戏团之夜

王彦明

我将消失，在城郭和月亮之间架起秋千
每一次惊悸都来自夜风

敲打玻璃。翻覆的上扬与下落
——爱的泥淖。不要给予我以施舍
我爱这火焰里的寒冷。不要
在傲慢里掺杂同情，你的身姿
是我不变的海洋，与黑洞。
淹没我，吞噬我，消化我。
这散步的狮子，对一片依米的亲吻
需要低下高傲的头颅。

给夜空拔钉子的人

周娟娟

夜空是无罪的，它的身体却被
搜入那么多银色的钉子
我每抬一次头就能感觉
它因疼痛微微的颤抖
和短暂的眩晕

人们站立在星星上面，排长队
每个人手里端着一个精美的瓷碗
向神领取面包，这和谐充满感恩的场面
唯独一个孩子没有精美的瓷碗

她歇斯底里的哭声打破秩序
打翻人们手里精美的盛面包的碗
神不能破坏自己定下的戒律

神不知如何才能，让她停止哭泣

那个给夜空拔钉子的人

书

曾　涵

图雅的书
只有三页
封底是天
封面是地
中间是一页
被翻烂的草原

诗　运

朱　剑

我的诗集
不但
卖不出去
也很难

送出去

一次出门开诗会

我背了五本

过去

都没有从包里

拿出来

几天后又

一本不少

背回了家

唯有

过机场安检时

被扫描过两次

被我算成

增加了两名

新读者

对一只鸟的研究

二月蓝

那只鸟的叫声

我听了多年，反复研究之后

粗略分为三义——

你在哪里

遇见你真好

你去哪里了

邀手机

刘　斌

除了我
还有两位朋友也没睡着
也在发朋友圈
他们一个发邻居打架
另一个发超市噪音
我发了一首诗
手机光照在我们脸上
我们背后有影子
数一数
一共九个人

候车厅

陈放平

汽车站人来人往
女孩双目无神
抱着一包鼓胀的东西
似在等人
她怀里的尼龙袋
我太熟悉了

是装猪饲料的
上面写着六个字
创新　活力　希望

没想到

杨　艳

领离婚证时
我和前夫
已经快一年没见
听说他早把工作辞了
就问他
"那这一年
你是怎么过的"
没想到
他的回答是
"和手过呗"

失落感

廖兵坤

七小时车程回家
参加爷爷的葬礼
原想在灵前
郑重地跪下
会有扑通一声
妈妈准备的跪垫
却软绵绵的
只能听见膝关节
机械运动
发出的
生锈的声音

同 事

乌 城

总是一副
兴高采烈的样子
和遇见的每个同事打招呼
我刚刚和她互相道了声"再见"
却发现自己

居然叫不出她的名字
而她与每个人打招呼方式
都是直呼其名
不加任何称谓

张三
早上好
李四
回家啊
韩克剑
再见

不敢相信

蛮 蛮

我和姐姐弟弟小的时候
母亲总对我们说
要不是为了你们仨
我早跟你爸过不下去了
姐姐出嫁以后
她常对我和弟弟说
要不是为了你们俩
我早走了
后来
我和弟弟都去外地上学
她又说

要不是为了你们仨
有个家可以回
我早就不想守着它了

听　力
宋壮壮

一阵风吹过
坐在天桥下坡
眼窝深陷
抱着三弦琴的盲老头
伸手进面前的
锈铁小桶里
取出刚落进去的树叶
扔到身后

海　底
张进步

我对一个朋友说：
"你的内心真是清澈。"

而我的，已经混浊——
不，那只是我蓄意经营的海底
它也清澈，但布满了
水草、尸骸、粪便、珊瑚和礁石
时间还给它投下了一些
沉船、瓷器和金币
我在心里养着鲨鱼

开兵来看我

莫　渡

开兵走在来看我的路上
手上拎着
一吊狗肉二斤白酒
我在劈柴时
想象他
将左手上的狗肉
换到了右手
酒在瓶中汹涌不息
我劈开一株株潮湿的树桩
为了消磨漫长的等待和
痛苦的想象
也为了他手上的那吊子狗肉
当我筋疲力尽
饥肠辘辘
假设着上百种的烹饪方法

……

我猜

开兵可能会在途中

喝光我俩的酒

吞掉那块血淋淋的肉

打道回府

或者，他依然

晃荡在来看我的路上

我坚信这一点

并晒干最后一块木头

当有一天

开兵终于抵达秦州

踢门进来

摊开手掌说

我什么也没带来

但带来了这些苍蝇

它们正是那吊狗肉生出的

一路跟随至此

它们代表了我们的友谊

将在这里无限繁殖

生生不息

小雨转中雨

袁　源

妻子在灯下
给我掏耳朵
她掏一下
窗外雨声
就大一点

童　话

睿　冈

公园里的青蛙
在人工湖中
肆无忌惮地聒噪

从乡下返城的小强
对奶奶说
把青蛙的叫声录下吧
我要在咱村的麦田里播放

母亲的诗才

赵立宏

小学时
甚至在初中
实在写不出的
命题作文
母亲经常自告奋勇
给我代劳
我就是抄写到
稿纸或作业本上
有两次受到了
老师的严厉批评
说联想太丰富

天　空

吴　冕

阳光于某一时刻消失
天空竟然露出了漫无边际
密密麻麻的黑色小孔

武林高手收玉米

黄开兵

朋友拉我去喝酒

席间有画家

有茶叶商

还有三个练武的

说是少林武僧

酒过三巡

朋友到外边找了一块青石板

要他们表演劈掌绝活

第一个试了试

没劈开

第二个上去

将青石板换了个面

嗨的一声真劈开了

第三个说

好哥哥

如果再找不到场子开武馆

只能先回老家收玉米了

时光之马

摆　丢

四十岁后
我终于看见
那些来自天空的绳子
套在每个人的脖子上
再大小不一地
盘卷在地
一圈
一圈地
变小
直到有一天
被拉直

旧衣服

拓　夫

楼下摆了个衣物捐赠箱
妻子翻出我几件衣服
想捐出去
我说

还是找个地方
烧了吧
以往这些衣服
都是带回老家
给小弟穿的
从小到大
我对他总是
时时责骂
处处看不顺眼
只有这些旧衣服
跟他最亲

此处无声

无　用

坐在黑暗中写诗
和坐在阳光下写诗有何不同
站在诗后发声
和站在诗前发声有何不同
你要等到曲终人散的那一刻
才缓步走向台前
面对一排排无人的观众席
深深地鞠上一躬
然后转身
再向自己

和一群老外喝酒

苏不归

我向他们

念我的诗

口语诗

非口语诗

他们听不懂

况且

非口语诗

我没有

中元节之夜

李 异

去海边转转

看看海平面上

有多少

偷渡回家的

士兵的鬼魂

教　堂

起　子

我没有听过

教堂的钟声

不知道这如何

让人平静下来

但我熟悉

医院的喧闹

周一到周日

每天都有人在祈祷

我岳母家几代人

都会把家

安在医院的附近

这让人感到安心

那年岳父岳母离婚

一套医院边上的大房子

换成了两套小房

也都在医院周围

那是中国人的教堂

大河奔涌

周瑟瑟

今年的年度选本编完了，我眼前有一条大河奔涌，写得好的诗人并不在少数，他们以各自的姿态向前奋进，让我想到跃向彼岸的成千上万的角马，它们扑向马拉河，那场面足够混乱、悲壮、无畏与激烈。角马们知道马拉河里的鳄鱼张开了血盆大口，它们都将有可能被鳄鱼咬住，撕成碎片，但角马们必须冲向大河，这是角马生存的本能与命运。

中国新诗的大河波涛滚滚，奔涌百年，我们都是这条大河中的角马，不过张着血盆大口的不是鳄鱼，而是我们自己，是我们的诗歌观念某些时候的粗暴、落后与陈腐，我们行动的慵懒、迟钝与僵化，这些都是中国新诗大河中最致命的杀手，因为麻木而自己杀死自己，这样的事就发生在我们中间。

虽然我们看到从马拉河中逃出来的角马在原野上自由奔跑，但被咬死的大有人在，可能占到了三分之一甚至更多。目前写诗的人数，无法统计，马拉河上挣扎的有多少角马，也无法计算。把诗写坏的占大多数，写得半途而废，属于玩票的也是大多数。真正能从自身的"血盆大口"中逃脱而出的写作者才会获得诗的自由。

我们就是想看到从诗歌的马拉河中冲向彼岸的好诗人。今年以年度十大诗人的方式挑选出诗歌的角马。我们倾向于挑选那些年幼的浑身冒着一股子倔强脾气的角马，哪怕这只角马刚刚冒出来，只要是有新鲜的劲儿，敢写敢往前冲的新人，我们看到就喜不自禁，历经与自己的生死搏斗，在草地上张开伤口撒欢的角马，转眼就成长为健壮的角马，这事确实让人高兴。

年度十大诗人

年度十大诗人，不是社会上那些评选搞法，这是基于我们的判断，我们的判断是要有足够的持续奔跑的耐力与速度，这十人都是老将，他们都正当年，沈浩波最小，处于最有冲刺力的年龄，他今年的写作更加扎实，并且在十月份引领大家给出了"什么是先锋写作"的答案，他与一些更年轻的诗人沿着"先锋写作"的道路奔跑。

伊沙依然保持他一贯的好状态，写作就是要一往直前，没什么可说的，先锋诗人必须写下你自己，他的新作《"诗人，请将我擦去！"——痛悼张书绅先生》，读来让人动容。张书绅先生，一个认真的好编辑。伊沙朴素的诗行中包含了深厚的历史情感，将一个人的成长与命运写得客观动情，"平凡而伟大的编辑"是伊沙对前辈的称呼，更是对我们自身的激励。

臧棣在《郁金香入门》中提出"人真的遭遇过人的难题吗"，没有什么难题人不能面对，诗也一样，诗是神秘的，臧棣有鲜明的洞察力，他像一只承受命运难题的角马，倔强地渡过了充满死亡气息的马拉河。我读他时，闻到了郁金香的清香，那是生命的希望，是爱的象征。

"00后"十大诗人

"00后"诗人的成长总是喜悦的，这是诗歌的未来，编选他们的作品，我看到了充沛的创造力，他们的先锋性与现场写作能力，有时甚至超过了成年诗人。今年在鄂尔多斯先锋诗会与新世纪诗典诗会上，姜馨贺、姜二嫚姐妹与江睿的表现，让我看到了一代诗人想象力的丰富，语言的直接与敏锐的捕捉生活诗意的能力，现场写作最能考验一个写作者。她们三位女生一个个上场，清脆的童声，羞涩的神态，但掩饰不住良好的语感与自信。

铁头依然保持从生活中获得写作资源的动力，他是"00后"诗人中出诗集最快的小诗人，他是一个凭个人兴趣写诗的小男孩，他性格活泼，可能还是孩子王。诗只是他幸福童年的记录，他看到什么就写什么，前两年他的诗也写属于他这个年龄的烦恼，现在更多写他的思索与质疑，不是我们当年那样简单的对生活的赞美。读他的诗就是读一代人的真实生活，他的生活是什么样他的诗就是什么样，他脑子里想到了什么他的诗就写什么，我称之为"00后"的自动写作，没有更多的训导，全凭儿童的天性，他们都是口语诗歌写作者，我想如果他们选择抒情写作可能就是另一副模样。由此可见，口语真实自然，口语直接简洁，口语是快乐的。

邮箱里突然收到孙澜僖的来稿，她说16岁了，三年前她入选过本年选，"00后"很快就长大成人了，保留诗歌真实的天性，是他们这代诗人的当务之急。虽然人总要长大，但诗歌真实的想象与对生活最直接的进入方式，并不能轻易被异化。

小冰是一个机器人，我将之归于"00后"诗人，可能会引起争议，但人类发展到现在，中国新诗一百年了，请给小冰一些宽容，请尊重人类的智慧，诗无所不在，机器人也有权利写诗，不要剥夺其写诗的自由，不要以人类为中心，不要不相信未来。

"90后"十大诗人

"90后"诗歌今年有点火，马晓康主编了"90后"诗选与"90后"诗档案，李海泉也编了"90后"诗选，他们的动作够快的。除了编选"90后"诗选，马晓康还出版了长篇小说三部曲之一，与当年邱华栋出道时一样，小说诗歌齐上阵，对于"90后"来说文学综合素质较为全面了。今年入榜的新人宋阿曼，我还有点陌生，她刚出版了小说集，站在了先锋文学一边。

吴雨伦打头阵，他的诗里隐藏着反讽与拷问，属于力量型选手。李柳杨是女孩，她的"宝宝读诗"微信公众栏目选诗与评诗俱佳，"90后"的思维方式，新鲜而美好。

徐电是来自上海的女生，她刚出版了诗集《到马路对面去》，"雪花让你看起来更像个老头"，女性现代意识，奇异的表达。

"80后"十大诗人

"80后"新人层出不穷，这个年龄段都有新人走出来，说明"80后"还有人默默无闻在写，只要写出有自己独特生命体验的诗，出来再晚也不迟。

西毒何殇是"80后"中的老先锋了，去年我曾约过他的诗，但不见他的稿子，今年由他帮我约了一批"90后""80后"的作品。他的写作如一只野兽踩在地上，脚掌击起啪啪的声响，他有写得厚重复杂的诗，口语的脚掌死死踩在石头上。

苇欢、里所、闫永敏近年冒得快，文本扎实，有一种突出的先锋意识。杨碧薇今年写了一些诗歌评论，她是批评家敬文东的博士生，从诗到理论，都有不俗的成绩，但我更想看到她持续的摇滚式的写作。

李浩今年出版了诗集《还乡》，这是他一部重要诗集，这个外省青年在北京有更多的孤绝与悲壮，他写出了自身的闪电与雷鸣。大九在内蒙古，对生活向下探矿式的写作，加上他低调内敛的性格，以新人的姿态刷新"80后"榜单。

李锋不是新人了，但他乐于为他人写评点，他都快出两部评论集了，陈超那一辈诗人评论家当年对先锋诗歌的评点式推荐工作，对于先锋诗歌的贡献令人怀念。李锋像一匹黑马，不知疲倦地通过微信公众号选诗写评，他的诗写得如何呢？我从他的《琐记》中选了一首。

在我的视野里，严彬算"80后"诗人中最为勤奋的写作者了，他几乎每晚下半夜在"国王的湖"微信公众号中发出新写的诗歌或随笔、小说，这个湖南青年正在经历疯狂的阅读与写作，他沉迷于内心，并将阅读即时性落实在写作里。

"80后"中潜伏着优秀的诗人，但他们是沉默的。

"70后"十大诗人

"70后"正是出好作品的时候，李建春与谭克修，他们或许把自己划入了炼金术师行列，炼丹很可贵但要时间熬，一年一度的选本或许出得太勤了，看他们的写作要以三五年为一个周期才较为充分。今年谭克修拿出了《归途》等重要作品，此诗应该是从北京领取首届独立诗歌奖回去后写的，他在写现代生活与个人内心的冲突，有一股新鲜的活力。这对人到中年的"70后"是一个闪光点。

西娃获得了现代性的神启，她近年的写作震撼人心，撕裂与缝合俱在，宗教意识与女性私人生活交织，她是略显沉闷的"70后"诗人中的又一个亮点。

轩辕轼轲创作量惊人，可能比我还要多，他是多中精品频出，此人动如脱兔，诗如闪电，快刀手。

太阿今年推出厚达300多页的新诗集《证词与眷恋》，他是空中飞人，世界各地的题材尽收诗中，读来甚是过瘾。

郭建强的诗这次重读还是一惊，他的语言如钢牙，咔嚓咔嚓咬得响，这不是我们平时看到的甜腻腻的抒情诗，更不是草原西域的地域诗歌，他深入人类的命运，从动物身上看清了"挤爆这个蓝色星球的人"。

"70后"诗人无疑是重要的，他们要么很突出，要么很平庸，两极分化严重，好诗人闷头写，差诗人吵吵嚷嚷。

"60后"十大诗人

"60后"侯马、谷禾、唐欣等人诗歌炉火纯青，今年他们都拿出了一定的新作，有的多有的少，但都有新作，没有新作的自动后撤一年，但愿你是在闷头写而不急于示人，那也好。

侯马写《在侯马》是对自我的审视，口语是有重量的。谷禾的诗越写越有味道，他在词语与意象里自由出入，深得物与内心的迷律，他试图解开语言与所见之物的关系，但他又不是古典的，他写的是活生生的当代诗。唐欣连续的句式是口语诗中的另类，他把口语诗的句式往繁复方向写，《小回忆》是对父亲的解读，当然没有答案，但诗内部有父亲与我，父亲与他那个时代的奇妙的关系。

小引在我的印象里属于"70后"诗人，其实他是1969年生人，处于一个中间地带，我选他是因为他游离于这两个群体之外，他一身的个人趣味，他洞察世事，诗如生命的感叹，"新东西一夜变旧很正常"，这样的情绪弥漫，没有过多的意义，但隐藏着诗的真身。

"60后"是一个浩浩荡荡的群体，好诗很多，但也是最杂的。我们这波人经历的比"80后""70后"要复杂，写作承上启下，要么写出源头性作品，要么混搭各种风格，如果这个年纪还出不了好作品，这一生基本就没戏了。

"50后"十大诗人

仔细一看，"50后"在诗歌现场的诗人还真不少，但对于现代诗的认识差异性很大，有的还有一股干劲。柏桦、汤养宗、王小妮等诗人，老诗骨还说不上，但经验老到，形成了自己的诗歌传统，这样的诗人淡定从容，写作如同参禅悟道，是不断激发生命创造的一个漫长的过程。

典裘沽酒这类边缘诗人，并不常出现在正式的选本里，民间状态没有磨灭他们的创作活力，如果对他们的写作视而不见，就有点奇怪了。

梁尔源是"50后"中的新人，他常写常新，并不固守传统的抒情，他吸纳了现代诗歌的语感、语调，能够在这个年龄段突破自身，实在难得，让我想起"40后"诗人张新泉先生，他的诗直击生活现场，读来为之一振。

十大女诗人

在最热闹的时候，以平淡的面容示人，比如李轻松、阿毛等人，她们沉潜的写作并不引人关注，她们似乎躲在那里写作，十年难得见到她们一次，但我知道她们在写，从没有停止。

蓝蓝从精神内部建立起她的诗歌写作方式，阿毛的《我看见》与蓝蓝的《阿姑山谣》，都有洛尔迦的吟唱风格，越是趋向简单的形式，内在的精神要求越高，安琪、湘莲子、娜仁琪琪格、李之平这些人到中年的女诗人，她们做到了，活得越来越明白，诗就会越来越简洁，像一块宝石洗掉了尘土，变得透明。

十大寂静诗人

路云今年推出了他的两本诗集《光虫》《凉风系》，严谨的阅读与思考，让他越来越像个学者，他生活在他创造的诗歌语言或符号学中，他的语言表达方式有他的情感生活作为依据。这两部诗集干净，没有任何附加的东西，他努力让自己寂静写作，不受外界干扰。一个面容枯寂的人，内心有他丰富的世界。

第三代诗人小海，安居苏州，他的《从前的孩子》是一首"怪诗"，虽有荒诞之意，其语言叙述方式却是口语的，我期待老江湖们能写出更多的"怪诗"。"怪诗"意味着有新想法，僵死的老江湖意味着从此就告别了江湖，哪怕你写出更多平庸的作品。

黑丰在诗歌之外还写了系列哲学随笔与后现代小说，今年同时出版诗集、随笔集、小说集多部，呈现出一个中年作家旺盛的创作与思考能力，他把思与诗紧密结合，他内心激越如烈马，生活安静如处子。

南昌的老德今年推出"下半夜写作"微信公众号，看到他《我将成为个好诗人》，我是欣喜的，不过这次收入的也是他一首"怪诗"，有想法的诗。

只对奇异的文本感兴趣，语言高于一切，处于诗歌恶俗江湖之外，专心于自己的诗歌世界，这才是真正自信的写作者。

十大艺术家诗人

黄明祥痴迷于艺术的多种形式实验，从摄影到短片创作，从收藏、策展、美术批评到架上绘画，他的日常工作是艺术的，虽然不是职业艺术家，但他对艺术的思考与实践，让他处在了当代艺术的前沿。他今年的《注水工的核心技术与诗歌艺术》引起较大的关注。

本年度的十大艺术家诗人，个个身怀绝技，比如杨佴旻、铁心、车前子、孙磊的画，牧野的策展与艺术批评，刘一君与唐棣的电影，杨卫、张卫的画与艺术批评。他们又是诗人，有的艺术影响大于诗，有的诗大于艺术，但都是诗与艺术双向开弓。

艺术与诗到底是什么关系，通过他们的创作可以有所思。

十大翻译家诗人

王家新在诗歌翻译上一路狂奔，成就有目共睹。他今年的诗歌新作，比其他同辈诗人要多。他的新作有一股直击灵魂的力量，他写庞德，"而我呢，宁愿住进你的精神病院"，王家新的写作是一种精神性写作，他的翻译更是基于诗歌的本质的呼应，他译的《死于黎明——洛尔迦诗选》实在漂亮。

树才的翻译与诗歌天然一体，他的《叹息》是纪念牛汉老人的，读此诗我想到了牛汉老人的命运，他的诗人硬骨风范，与树才柔软的诗人之心，正如牛汉老人那声长长的叹息：唉……

伊沙集诗歌、翻译、小说与编选于一身，他精力充沛，思想敏锐，他对布考斯基的翻译让人看到了现代诗的模样。汪剑钊、高兴、北塔、李以亮等人作为翻译家，他们的诗歌写作并没有被翻译掩盖。

还有更多的诗人翻译家，或翻译家诗人，他们的翻译反哺了诗歌写作。

十大批评家诗人

华清就是张清华，将批评与诗歌写作区分开来，或许是在诗歌上用另一个名字的原因之一，一个好的批评家并不一定要是一个好的诗人，但一个好诗人有可能成为一个好批评家。华清写出了与他的批评一样具有智性的诗歌，这是一个批评家理解诗歌，并进入到诗歌内部的一种有效的方式。华清独立于张清华之外，但二者又是统一的。

耿占春、陈亚平的批评大于诗歌，诗歌所见甚少，但并不是说他们就没有好诗。陈亚平还是国内一流的符号学家，他在创立自己的符号学体系。

霍俊明、杨庆祥、吴投文的批评与诗歌写作不相上下，名副其实的创作型批评家，他们都出版了个人诗集，其诗歌质量完全不在诗人之下。

李犁今年的诗歌批评集的出版，引出了一个诗人批评的新文体，基于诗歌写作现场的观察，基于个人独立判断而不是基于知识的批评。李犁的批评还极为有趣，他的新书《烹诗》被称为"治大诗若烹小鲜，当代诗歌的吃货指南"。

十大小说家诗人

莫言今年突然拿出一组新诗《七星曜我》，此前对他的打油风格的诗大家还不当一回事，这次他拿出的是正儿八经的诗了。以一个小说家对大江健三郎、君特·格拉斯、马丁·瓦尔泽、特朗斯特罗姆等七人的述说为构架，诗的形式、内容包含了太多的信息，不失一个诺贝尔文学奖获得者的诗歌水准。

赵卡、宋尾、陈仓、吴茂盛等人是由诗歌转向小说的典型，一个好的诗人并不一定就是一个好的小说家，正如一个好小说家要成为一个好诗人的概率很小一样。鱼与熊掌兼得的事并不太多。但他们做到了，这是他们在两种文体中转换自如的结果，这是一种本事。

蒋一谈由短篇小说写作投身于截句诗歌写作，他持续的发力让人看到了成果，但他的短篇小说却看不到了，此事是否要聊一聊老蒋。

中国诗坛222将

中国诗人具体有多少，我不知道，现在选出其中的222位，这只是大海里捞针，大鱼游动，我还捕捉不到它们。敬请大鱼明年自动上钩，限于时间精力及本书篇幅所限，好诗人难以一网打尽，一个选本只是一次展示，好在还有其他优秀的年选。

赵野、李志勇、余笑忠这些隐秘的诗人，他们的写作总是那么可信，读他们的诗是一种享受。

2017年11月20日